一個日本爸爸攝影師罹癌後，
寫給兒子的至情信

ぼくが子どものころ、
ほしかった
親になる。

離開前，我想跟你說……

幡野廣志

王蘊潔——譯

前言

這個世界上，既沒有永恆不變的事，也沒有絕對的東西。

這或許就是世界的哲理，一切都在持續變化。

比方說，我是攝影師，但我每次看自己以前拍的照片，都會感到無地自容。

雖然當時認為「這是最完美狀態」而拍了下來，但現在忍不住驚訝當初自認的「最完美狀態」水準竟然那麼低，難為情得臉都紅了。

目前我拍的照片也自認是「最完美」，所以才會舉辦個展，讓別人參觀。

我認為自己拍下了有價值的畫面，一旦認為其中有某張照片「好像不怎麼樣」時，就會馬上放棄。

但是，即使經過這樣的精挑細選，幾年後回顧時，應該仍然會覺得羞於見人。

為什麼會發生這種情況？因為攝影很像運動，每天都在持續成長，改變也是理所當然的結果。

即使不小心看到了自己以前拍的照片，羞得面紅耳赤，覺得「拍得真差勁」，也無法回到過去，重拍所有的照片。

所以我只能做一件事。

持續盡力拍出最完美的照片。

文字也一樣。我在這裡所寫的內容是「目前的自己能夠寫出的最完美文字」，但這個世界上沒有魔法文字可以永遠成為最完美的文字。

我想要傳達的價值觀也並非永遠不會改變。

我深信在人生道路上可以有幫助的智慧，也並非絕對的智慧。

即使如此，這些文字仍然是我目前的最佳文字。

那是三十五歲攝影師的最完美文字。
也是三十五歲的丈夫、父親的最完美文字。

我兒子今年兩歲了。
父母有很多東西可以傳授給自己的孩子。
父親也有很多東西可以傳授給兒子。
有些智慧可以超越親子關係，超越性別和年齡，以一個人的身分，分享給另一個人。
也可以將自己最佳的一切傳達給別人。
所謂最完美，是每一個瞬間的最完美，但兒子會逐漸成長。

柔軟的臉龐、柔軟的身體會漸漸學會站立、走路，然後在轉眼之間就長大。

所以，我很希望能夠向年幼的兒子，向成為少年的兒子，向迎接青春期的兒子，向成為青年的兒子傳達我身為父親最完美的想法。

隨著年齡的增長，最完美的想法也會隨著時間升級，我希望可以把自己最新的最完美想法在和家人共度、理所當然的生活中，傳達給他們。

很遺憾的是，我有相當大的機率無法做到這件事。

我在三十四歲時，罹患了名為多發性骨髓瘤的癌症，我的脊椎上出現了腫瘤，當時醫生診斷我剩下三年的生命。

在得知自己罹患了癌症之後，想到必須拋下妻兒，我哭了一整晚。

然後，我開始思考自己想為兒子留下什麼。

因為劇痛而閃過自殺的念頭時，我還曾經打了如意算盤，「只要用獵槍自殺，然後偽裝成狩獵時發生意外，就可以為兒子留下三千萬左右的保險金。」

當罹患癌症的事實靜靜地進入自己的身體後，我認為「我想留給孩子的並不是金錢」。如果想賺錢，有很多方法可以賺錢，所以兒子可以自食其力，自己去賺錢。

於是我想到，要寫信給兒子。

因為我發現我想留下文字給兒子。

可以用錢解決的事，只要花錢就能夠解決問題。但我希望在他遇到無法用金錢解決的問題時，我留給他的文字能夠成為他解決問題的線索。

我想要留下對兒子的人生有幫助的文字。

在兒子成長的過程中，我希望自己的文字能夠像地圖、指南針般發揮作用。

我反覆思考之後，希望可以留下讓兒子回想「如果是爸爸，會怎麼解決這個問題？」的文字。

雖然不必特地聲明，但我留下的文字無法像智慧型手機上的地圖軟體，或是衛星導航系統一樣，成為絕對的指引。更何況我只活了三十五年，我只是凡夫俗子，我的人生指引當然不可能和GPS的精確度相提並論。

我有自己相信的事，認為「這件事要這樣做」，但如果認為自己的想法是路標，強迫兒子接受，只會對他的人生造成負面影響。

所以，我希望兒子能夠走出自己的路，靠自己的雙腳走在人生路上，只是當他不經意地停下來歇腳時，我自己的文字能夠成為他遠遠眺望的燈塔。

一旦決定之後，我開始在網路上寫文章。

我把想要傳達給兒子的事、自己目前的情況寫在部落格上。一方面是因為那時候，我朋友家中發生火災，把包括重要的照片在內的一切都燒光了，這件悲慘的事讓我認為「書信有消失的危險，把文字留在網路上比較安全」。

沒想到我在網路上寫的文字引起了迴響，之後又接受了採訪，在推特上也有人向我傾訴內心的煩惱。

起初我感到有點不知所措，但後來認為回答許多陌生人向我傾訴的煩惱，也許可以在我兒子日後遇到「困難」時，為他提供解決的線索。

無論網友提出怎樣的煩惱，我都像在面對兒子發問，認真回答每一個問題。

我越回答，找我傾訴煩惱的人就越增加。

向我傾訴煩惱的人並沒有失去家人。他們有家人，也有朋友，但他們向我這個癌症病人傾訴了無法向任何人啟齒的事。

也許比起身邊的人，人們更能夠向和自己生活沒有交集的人表現出真正的自己。

也許是因為稍微有一點距離，更有助於傳遞話語。

既然這樣，我留給兒子的話稍微和他保持距離。比直接寫信給他更理想。
而且，我留給兒子的話，如果能夠幫助內心有煩惱的人，那當然更令人高興。
總之，人需要文字的力量，如今，我正努力留下文字。

本書是在這些想法的基礎上完成的。
除了在網路上留下「無形的文字」，我也同樣強烈地希望可以留下「有形的文字」，因此完成了這本書。
所以，這本是我寫給兒子的信，也是寫給你的信。

２０１８年夏天

幡野廣志

前言 2

1

關於溫柔，我想要對兒子說的話

名字是誓言和禮物 17
溫柔是行動 21
溫柔的虐待 27
溫柔是堅強 37
接受的溫柔 43
允許別人失敗的溫柔 49
生命的延續 55
名為安心的溫柔 61
從兒子身上學到的事 67

2

關於孤獨和朋友，我希望兒子學習的事

「父母的奸巧」是人生寶典 73
「一百個朋友」的詛咒 79
自己的規則 83
對抗霸凌的方法 87
逃離討厭的人 95
遇見「溫柔的人」的方法 101
不要期待他人的理解 107
推薦一個人的旅行 113
印度攝影師的教導 117
趣味和交談 125
如何建立自信 129

3

關於夢想和金錢，我想傳授給兒子的事

夢想和工作和金錢的關係 135
開拓世界，開拓視野 141
喜歡的工作常見的陷阱 147
為五斗米折腰的工作和金錢 151
必不可少的事和障礙 155
無知是一種罪過 163
十八歲時的一百萬 169
金錢的教育 175
錢是信用 183
工作=自己的等式不成立 187

4

關於生死，我希望有朝一日對兒子說的話

生病是鏡子 193
生命的經驗 199
「開動了，謝謝款待。」 205
和癌症病患的相處方式 211
在青木原樹海喝咖啡 215
越南和生命的希望 219
幸福的門檻 223
引以為傲的爸爸 231
結語 234

1

關於溫柔，我想要對兒子說的話

父母必須溫柔，
才能夠教出溫柔的孩子。

名字是誓言和禮物

大家都喜歡溫柔的人，我也不例外。

「你喜歡什麼樣的人？」被問到這個問題時，無論男人還是女人，十之八九會回答「溫柔的人」。

任何人被溫柔對待，都會感到高興。

只要溫柔待人，就會為別人帶來快樂。

溫柔就像是鏡子，可以映照出彼此的溫柔。

因為我喜歡溫柔的人，所以我和溫柔的人結了婚。

我太太是我認識的人中最溫柔的人。

所以，我把在日文中代表溫柔的「優」這個字作為兒子的名字，這是送給我兒子的禮物。我之前就決定，無論如何都要取這個名字。

在兒子出生，必須取名字時，我提供了三個名字讓我太太挑選。

第一個名字就是「優」。

第二和第三個選項就不在此公布，是和我老家的貓相同的名字——姑且稱之為「小玉」和「三毛」。

溫柔的太太雖然喜歡貓（我也很愛貓），但可能不希望兒子和貓的名字相同。也可能因為她很溫柔，所以為了避免貓和兒子混亂，而避開了這兩個名字。

於是，「優」就成為我們兒子的名字。

父母都會帶著對兒女的期待，為他們取名字。

我和太太在為兒子取名字時，也希望他「可以成為一個溫柔的人」。

但是，並不是為他取了這個名字，他就會自己變成溫柔的人。

如果「希望孩子成為溫柔的人」，父母必須教育他，如何成為一個溫柔的人。

如何培養孩子成為一個溫柔的人呢？

在孩子小時候，就帶他去參加公益活動嗎？飼養寵物嗎？教他善待朋友和老人嗎？這些都沒錯，但也並非正確答案。

我認為培養孩子成為溫柔的人的方法，就是父母必須溫柔。

父母首先必須成為溫柔的人，而且必須持續溫柔。

所以，優這個名字除了是我們送給兒子的禮物，更是我和太太成為父母的誓言。

我們藉此發誓——

「我們要成為溫柔的人。」

同時也希望兒子能夠以我們為榜樣。

既然想和溫柔的人在一起，自己要先成為溫柔的人。

想為兒女取什麼名字，
父母可以先試用兩三個月。

溫柔是行動

在兒子即將出生時，有一段時間，我在工作時都用另一個名字。

當時，我並不是用「幡野廣志」的名字，而是自稱為「幡野優」。攝影師的工作經常和初次見面的對象一起合作，也因為這個原因，我在工作之前用電子郵件聯絡時，就自稱為「幡野優」。

我也製作了「幡野優」的名片，每次在工作和別人見面時，會向客戶和工作人員自我介紹說：「我是攝影師幡野優，今天請多指教。」

「在和你用電子郵件聯絡時，我一直以為你是女性攝影師。」

雖然有幾次遇到對方這麼說，但並沒有任何問題，因為無論男人和女人都可以用「優」這個字作為名字，而且這個字寫起來也很方便，完全沒有任何不妥之處。

於是我更加堅定地要為兒子取名為「優」。

以前，我在工作上認識一位朋友，他是男性，但有一個很美的名字，讓人覺得那絕對是女人的名字。我們用電子郵件聯絡了很長一段時間，第一次見面時，發現對方是和我想像中完全不一樣的大叔，於是就不知不覺聊起了名字的事。對方露出一臉厭煩的表情說：「從小到大，這件事已經不知道說了幾百次了。」

當時我就暗自下定決心，「以後為小孩子取名字之前，要先自己試用看看。」因為不瞭解為孩子取的名字可能會帶來哪些不便，所以要試用一下才知道。

所以我實際試用了「優」這個名字。

每次當我提起這件事，就會有人感到驚訝。

有時候甚至會被當成怪胎，對方會認為「需要做到這種程度嗎？」。

但是，當父母為孩子取名字後，孩子會使用很久，而且使用的頻率也很高。心愛的孩子要使用這個名字一輩子，父母免費試用兩三個月根本是小事一樁。

如果是兒子，就由爸爸試用；如果是女兒，就由媽媽實際試用準備為女兒取的名字。預約餐廳或髮廊時，都可以試用看看。

雖然有人喜歡為孩子取閃亮的名字，也就是很奇葩的名字，但如果用只有在一級漢字檢定中才會出現的字取名字，每次填寫資料時，都會被人問該怎麼發音；或是，親自體會一下當初叫到「請問是山田瑪麗安娜小姐？」時，成為眾人焦點的感覺，如果認為「果然是個好名字」，為自己的孩子取這樣的名字當然無妨。

「幡野」這個姓氏的讀音很難想到是「幡野」這兩個字，我以前很討厭。姓氏來自家族，無法輕易改變，但父母可以為孩子選擇名字，所以我認為要為孩子取一個不會造成孩子困擾的名字。

不光是名字的問題。即使覺得「這是為他好」，卻無法瞭解對當事人來說，到底是好是壞。

比起光覺得「這樣比較好」，花時間和功夫親自嘗試一下，認為「的確比較好」，就可以提升正解的機率。

不要只是想而已，要付諸行動加以確認。我認為這也是一種溫柔。

溫柔的人有同理心，
能夠理解他人身體和內心的疼痛。
能夠用自己力所能及的方法，
向他人伸出援手。

溫柔的虐待

送玩具給托兒所的朋友，把點心拿給來家裡的客人。

當我兒子做這種事時，總是滿臉笑容，很有精神地伸出手說：「給你！」我相信這是他看到我們夫妻送東西給別人時，無論自己和別人都很高興，所以就跟著模仿。

兒子送朋友玩具或是點心時，並不覺得自己吃虧了，或是為送給別人，自己就沒有了感到生氣，而是看到別人接收玩具或點心時的喜悅，他也感到高興。

看到兒子努力為別人帶來喜悅，我和我太太也都很高興，覺得他很不錯，情不自禁露出了笑容。

為別人付出固然是一種溫柔，但長大成人之後，就未必都是如此。在我得知自己罹患癌症之後，更深切體會到這一點。

隨著周遭的人知道我罹癌末期後，許多人向我伸出了「溫柔的手」。

「你要多休息，接受最新最好的治療，努力多活一天也好。」

這是父母和親戚等家人的溫柔。

無論治療多麼辛苦，剩下的日子只能躺在床上，對他們來說，「多活一天」更重要。

我非常瞭解他們是為我擔心，但我並不希望延長壽命，只是為了躺在病床上看天花板。

「你要不要試試這種治療方法？」

「聽說這種補品很有效。」

「有一位很厲害的氣功師傅，你一定要看一看。」

正因為我知道朋友和熟人是基於善意向我伸出「溫柔的手」，所以更加難以處理。

我很傷腦筋。

我在傷腦筋之際，在部落格上寫了自己罹癌的事，結果又遇到了更多「溫柔的手」。

「有奇蹟的水可以治療癌症。」

「只要某某療法調整『氣』，癌細胞就會消失。」

之後，甚至接到了心靈療法和替代醫療，以及邀我前往能量景點，或加入宗教的電話和留言，真不知道他們是怎麼查到我的電話號碼。

在網路的世界，很容易發生從一個極端走向另一個極端的事。

一旦無視這些基於善意的建議，就會立刻變成一個狂妄的病人，成為眾矢之的。等我死了之後，這些網友可能又會用言語暴力攻擊我太太和兒子，「如果當初使用了某某方法，搞不好就不會死。」

每天大量奇怪的勸誘和慰問電話讓我們無力招架，最後只能將使用了超過十年的電話號碼解約。對自由攝影師來說，解約使用多年的電話是一件悲傷的事。

看到「只要買這個花瓶，癌症就可以不藥而癒」的留言時，我笑得幾乎可以在腹部練出六塊肌了。以結果來說，也算是好事一樁。

這可以讓我瘦一點更像癌症病人，也讓我餘生的冷笑話可以更精采些，而且展示一下六塊肌，讓護理人員驚叫一下也不壞。

但是，這種溫柔幾乎都是虐待。

我得出了一個結論：毫無根據的建議都是「溫柔的虐待」。

大部分被診斷為癌症的人無法接受現實，所以會逃避現實，或是大罵家人或醫療人員，陷入自我厭惡，也會責怪自己的過去，否定自己的存在價值。

根據我的調查，癌症患者併發憂鬱症或適應障礙的人，是健康者的大約兩倍，自殺率更高達二十四倍。據說醫院內的自殺者有一半是癌症病患。

癌症不僅侵蝕身體，也會同時侵蝕心靈。

癌症病患中，有相當大一部分是高齡者，當他們深陷絕望，慌不擇路，想要抓住救命稻草時，如果有「溫柔的手」遞上奇蹟的水，他們應該會接過來，咕嚕咕嚕喝下去。

即使看似溫柔，結果卻造成對方的痛苦，就等於殘酷地對待，也就是「溫柔的虐待」。

攝護腺癌的五年存活率是百分之九十七點五。

胰臟癌的五年存活率是百分之七點九。

雖然同樣是癌症，但發生在不同部位的癌症各不相同，相同的治療方法未必適用於其他部位的癌症。

我收到大量留言，都是類似「我靠這種方法戰勝了癌症」，或是「醫生宣布我只能活三個月，但我已經活了超過十年」的內容，我除了為當事人感到慶幸，並沒有其他的想法。奇蹟似的成功案例的確很了不起，但在這些成功案例背後，有許許多多遺族不願意回想的失敗案例。

只展現好的一面，或是只帶給對方希望的行為很危險，因為當發現希望消失時，就必須面對絕望。

每兩個日本人就有一個人罹患癌症，每三個日本人中，就有一人是因為罹癌身亡。

只要活著，就會理所當然地遇到罹患癌症的人。

這種時候，希望大家不要「溫柔地虐待」這些癌症病人。

也不要就像把熱水倒入泡麵一樣，隨便向對方提出建議。

日本的癌症標準治療，以及醫療體制的確有問題，很多醫生對病人進行了換成是自己，就不會接受的治療，但是他們並不是在為病人進行民間療法。

至少醫療人員對病人進行治療時，承受了職業風險。

但是，輕易提供建議的人，能夠對自己提供的建議負起責任嗎？

他們對癌症的研究更勝於醫療人員嗎？

「如果知道了什麼了不起的治療方法，不要向他人推薦，請在自己罹患癌症時親自嘗試，不要不負責任地給別人建議。」

當我在網路上發表這樣的內容時，許多和我一樣，為善意的建議深受折磨的病人和家屬，以及遺族都留言表示支持。

也許我兒子再稍微長大一點之後，才能夠理解「溫柔的虐待」。

但是，我現在已經開始慢慢告訴他。

溫柔的人必須有同理心，能夠理解別人身體和心靈的疼痛。

如果能夠理解別人身心的疼痛，就絕對不會不負責任地提供建議。

同時，我想告訴兒子：「如果無法理解，可以先從想像開始。」

「如果是會讓對方不高興的事，即使自認為對方『一定會高興』，也不能去做。即使是自己很愛吃的零食，對方可能並不喜歡。」

我認為能夠在為對方著想的基礎上，用自己力所能及的方法伸出援手的人，才是真正的溫柔。

把自己的溫柔一股腦兒地丟給對方，並不是溫柔。

溫柔並不是只要微笑著說
「好啊，好啊，沒問題」。

溫柔是堅強

至今為止，我曾經遇到過很多人，我認為「這個人值得尊敬」的對象，都是溫柔而堅強的人。他們不只是溫柔而已，而且很堅強，也很嚴格。

但是，這個世界上也有些人看到別人失敗就會幸災樂禍，落井下石。當看到有人失敗，無法重新站起來，就放心地踩上一腳。

簡直就像在說「可以明目張膽地欺負這個人」。

也有人臉上掛著笑容痛打落水狗。雖然這種人看似強大，但其實很軟弱，而且當然也不溫柔。

有些人把「責任自負」、「自作自受」這種嚴厲的話掛在嘴上，從來不幫助有難的人，但是，「自己」絕對不會犯錯，真的那麼堅強嗎？如果發生什麼問題時，絕對都是「自己」的問題嗎？

再堅強的人也會失敗。

再聰明的人，也可能會遭遇意外。

即使從來沒有做過任何壞事的人，也可能罹患重病。

那些冷漠地把「責任自負」掛在嘴上的人，想必一直以來，都受到周圍人的冷漠對待，搞錯了「不給他人添麻煩」這句話的意思。所以，我決定要對兒子無限溫柔，同時要告訴兒子，承認自己的脆弱，懂得向他人求助。

「當你感到心痛，當你遇到困難時，要立刻向他人求助。」

因為承認自己的脆弱，懂得向他人求助，當他人有難時，就會立刻發現，也能夠體諒他人的痛苦，會去思考自己是否能夠做什麼力所能及的事幫助對方。

思考自己能夠為對方做什麼，然後付諸行動。這是一種溫柔，但發揮這種溫柔不是一件容易的事。

我攝影路上的老師就是能夠做到這一點的溫柔的人，但其實他很嚴格，也很可怕，認識他的人可能會反駁說：「什麼？那個老師是溫柔的人？」而且因為他很兇，有好幾個學生因為受不了而逃走了。

當我失敗，或是無法達到老師的要求時，他的確會破口大罵，但在罵完之後，會指導我該怎麼做，精準而高效率地教導我在這種時候必要的技術。

有些人因為個性很差、消遣解悶，或是遷怒於人，為了顯示自己的地位而罵人，但我的老師並不是這種人。

他能夠精準看透學生「目前需要什麼」，然後細心加以指導。

當學生順利完成時，他會發自內心加以稱讚。

所以我跟著老師學習後，技術持續提升。

當自己失敗時，可以向他人求助；當別人失敗時，不要責怪他人。

但是，溫柔並不是只要微笑著說「好啊，好啊，沒問題」。

而是針對長處加以稱讚，對於不足之處就要批評，同時傳授改善不足之處的方法。雖然說起來很簡單，但是能夠做到的人非常少。這是我在教育兒子時，努力提醒自己的一件事，同時也希望兒子能夠做到這一點。

親子、家人之間的溫柔，
有時候只要為對方著想，
接受對方。

接受的溫柔

在山上打獵。去青木原的樹海。獨自去開發中國家旅行。

這都是我想做的事，而且也實際去做了，但很多人似乎都認為不像是只剩下三年生命的癌症病患該做的事。

「你應該專心接受治療。」我媽媽和親戚都反對我這麼做。嗯，這種反應很正常。

在眾人的反對聲中，我太太比任何人都瞭解我的身體狀況，也比任何人都知道我的狀況很嚴峻，但她也是唯一表示「你可以做你想要做的事」的人。

無論我們在交往的時候，還是結婚後，以及兒子出生之後，我一直都可以盡情地做自己喜歡的事。想去離島拍照時，就會立刻出發去離島，有時候會去山上打獵好幾天。一直以來，我都很自由自在，隨心所欲。這個世界上應該有很多女人不同意，也無法忍受丈夫或是另一半想做什麼就做什麼，但我很慶幸我和我太太結了婚。

健康的時候和生病時的情況不一樣，一旦生了病，很多人會認為「去醫院治療比遊山玩水更重要」。

但是，我太太始終貫徹了「你可以做自己喜歡的事，想做什麼就去做」的態度，我甚至不由得對她產生了敬意。

我和溫柔的太太結了婚，也有幸跟著溫柔的老師學攝影，照理說，應該可以成為一個溫柔的人，但我的生活並不是只和這兩個人打交道，曾經有一段時間，我周圍都是一些討厭的人，連我自己也變成了一個討厭的人。

那是我開始當自由攝影師幾年後的時期，我接了一個在外地城市的長期工作，必須在商務飯店住一個月。那時候我已經結婚，但仍然隻身去外地工作。

攝影這個行業常被稱為是黑心行業，因為工作時間很長，必須拚體力，而且職權騷擾隨處可見，但有時候自由攝影師工作一個星期，就可以賺到相當於上班族一個月薪水的酬勞。只不過因為必須從清晨工作到深夜，以時薪來計算，恐怕仍然屬於低薪。

當時我離開家，每天在飯店狹小的房間和攝影現場之間往返，這樣的生活原本就很鬱悶。

因為客戶的關係，把原本需要兩個月的工作壓縮到一個月完成，所以時間很緊湊。

在浮躁的氣氛中，工作成員之間很容易互扯後腿。罵人只是為了宣洩情緒，或是展現自己的力量。無法原諒別人的失敗，當然也不可能稱讚別人。

偶爾去聚餐喝酒，談論的話題不是抱怨工作，就是吹噓早已蒙塵的陳年舊話。

起初我聽到別人聊這些覺得「很討厭」，但也許是因為很快就適應了環境，我很快也和周圍的其他人一樣，變成了一個討厭的人。和溫柔的人在一起，自己會變得溫柔；和討厭的人為伍，自己也會變成討厭的人。

每次打電話給留在東京的妻子，就會把焦躁的情緒宣洩在她身上。在聊天時稍不稱心就對她發脾氣，用惡毒的語言攻擊，試圖藉此消除內心的鬱悶。明明是因為愛她而打電話給她，卻用最糟糕的方式對她發洩累積在內心的怨言。到底是什麼樣的工作會讓人把心愛的人當成情緒垃圾桶？

我們可以在家人面前呈現自己脆弱的一面，但並不代表無論做什麼都可以。我發現自己越來越變成一個討厭的人，於是就不再打電話，而是寫信給太太。因為我覺得寫信時，我不會對太太發脾氣。

週一到週六每天忙到連睡覺的時間都沒有，星期天是一週中唯一可以休息的日子。

每逢週日，我就睡到自然醒，吃完午餐後發呆休息，傍晚開始寫信給太太。每次寫大約三、四張，然後去便利商店列印假日拍的照片附在信中。雖然我忘了當時寫了什麼內容，但應該沒有關於工作的抱怨，或是把她當出氣筒的惡毒文字。

太太也寫信給我。她應該察覺到我就像變了一個人，所以很擔心，雖然信中也提到了對我的關心，但並沒有責備我，也沒有要求我該怎麼做，每次在信的最後都會寫上「等你回來之後，我們再去玩」這句話。

在我罹患癌症，獨自去越南時，太太在機場時交給我一封信。那封信很厚。我抵達越南時打開一看，信中寫了她對我的關心，最後還是那一句「等你回來之後，我們一家三口再一起去玩」。

那封信之所以很厚，是因為裡面還放著護身符，和我兒子去為我抽的籤。那支籤還未打開，我忍不住感到緊張，「萬一是大凶，不宜旅行怎麼辦！」年輕時，我開車長途旅行，結果在清水寺抽到了「不宜旅行」的大凶籤，讓我忍不住沮喪，而且我曾經好幾次向太太提起這件事，也許我該告訴兒子「你媽媽有點天然呆」。

沒有機會練習
在小事上做決定的孩子，
會害怕自己做決定。

允許別人失敗的溫柔

在網路上開始人生諮商後，我發現很多人為「找不到自己想做的事」陷入煩惱。

我很好奇為什麼會這樣，在深入瞭解後，發現有很多人是因為「從小到大，都是由父母為我決定一切」。

其中很多人從要報考什麼學校這種大事，到參加什麼社團、學才藝、穿衣服、興趣愛好，甚至連在家庭餐廳吃飯要點什麼這種小事，都由父母決定。

不希望自己的孩子失敗，希望孩子走上最理想的路，不要走錯路。也許這些人的父母這麼想。這讓我想起有時候和家人一起去超市時，經常看到的景象。

「不要選那個，我們選這個。」

有些父母會否定孩子挑選的東西，強迫孩子接受父母認為比較好的東西。

雖然只是買零食而已，但父母的這種「不要選那個，我們選這個」很快可能會擴及去家庭餐廳時的點菜、平時穿的衣服、要報考的學校，進而干涉孩子參加的社團和學習的才藝，結交的朋友，交往的男朋友和女朋友。

這種父母要求兒女在找工作或是結婚對象的問題上，必須聽從自己的「正確選擇」也絲毫不會讓人感到驚訝。

即使父母覺得「孩子長大了，該讓他自己做出選擇」，如果孩子沒有從小刻意練習做選擇，往往會因為害怕失敗而不敢自己決定。在想到「我要做這件事」之前，會害怕「我自己選擇、決定，萬一失敗了怎麼辦？」。

於是，就會變成一個「找不到自己想做的事」的人。

我的兒子兩歲時學會走路，自我開始在他內心萌芽。

我告訴自己，要盡可能讓兒子在充分思考後做出選擇，但當然並不是一下子就問他：「你覺得要讀哪間托兒所比較好？」

在超市買零食，在家庭餐廳點餐時，我會讓他有充分的時間考慮，然後讓他自己做出選擇。我規定自己必須接受兒子的選擇，絕對不能強迫他接受我的意見，告訴他「那個不好，還是選這個」。

我認為這雖然是小事，但同時也是一件大事。

我相信會有家長認為這只是紙上談兵的理想論，我也能夠理解那些對孩子說「不要選那個，我們選這個」的父母的心情。

因為孩子可能會選到小孩子不適合吃的東西，也可能會選金額很高的零食。最重要的是，父母可能沒有那麼多時間。很多人匆匆忙忙處理完工作，去接小孩子回家，「回家之後還要煮飯，洗澡，洗兩次衣服，還要整理家裡」，時間很緊湊，無法陪著孩子在零食架前猶豫半天。

但是，「在有限的時間內，正確選擇符合預算的適當商品」是大人的合理性，我們在做選擇時，總是受困於這種合理性，忘記了自己認為「這個比較好」的真實感受。

孩子只有幼兒期的幾年時間，才能不受大人這種合理性的束縛，在這短短數年期間盡可能花時間陪伴他，不也是一種愛嗎？

工作忙碌的父母沒有充足的時間。我在罹患癌症之後，工作量大減，白天雖然有時間，但我人生所剩下的時間並不多。也就是說，每個人的時間都有限。

父母把自己有限的時間花在孩子身上，這不正是父母的溫柔嗎？

即使覺得「有點貴」，超市的零食再怎麼貴，也只有五百圓左右，更何況並不是每天都買，只要在其他地方節省一下，多花這五百圓對生活並不會有影響。

小孩子有大人無法理解的獨特選擇標準。在挑選零食時，可能不是根據味道，而是更重視包裝盒的設計、摸起來的感覺，以及搖晃時聽到的聲音。

我兒子很喜歡卡樂比的薯條，尤其喜歡聽搖晃時，盒子裡發出喀喀的聲音。

我希望自己能夠珍惜他豎耳細聽薯條搖晃聲音的這種感性、被鮮豔的洋芋袋子吸引的心，以及能夠用五感挑選零食的出色感覺。

因為兒子根據非合理的理由挑選零食，所以有時候會選到不適合兒童食用的超辣零食，但我也不會阻止他。

即使知道「他一放進嘴巴，應該就會吐出來」，我仍然讓兒子吃。我只注意是否會造成過敏的問題，即使他辣得慘叫，放聲大哭，我也讓他充分體會這種經驗。

在失敗的基礎上，下次再讓他挑選，這有助於他的成長，以後也會成為一個「瞭解自己想要做什麼的人」。

如果我剝奪了他失敗的機會，他以後就會變成一個不敢挑戰的人。

不允許兒女失敗，父母搶先為兒女決定「要這麼做」，是對兒女「溫柔的虐待」。

接受兒女的選擇，不強迫兒女接受父母的價值觀，是父母對兒女的溫柔。

也許正因為生活環境艱苦，
人們才想要生孩子。

生命的延續

雖然自己說有點不好意思，但我很擅長和小孩子打交道。

我家附近有一個市營的兒童遊戲廣場，每次帶兒子去那裡，都會有許多小孩子聚集過來。有時候我也會陪他們一起玩，遊戲廣場的管理員曾經問我：「你很會和小孩子打交道，你是幼兒園的老師嗎？」

其實我以前並不喜歡小孩子，我覺得小孩子是缺乏細膩、神經大條的動物。結婚之後，我太太一直想要孩子，但我每次都回答說不需要。

有一段時間，我調查了從明治到昭和時代，日本東北地區的事，之後就改變了想法。當時有些男孩因為缺乏糧食餓死，也有女人因為家裡缺乏生活費，被父母賣到妓院。

深入瞭解這些被迫賣身的女人之後的情況後，發現她們的人生很悲慘。

我向當初被賣去妓院的女人留下的兒子和孫子，瞭解了那個女人的情況。也就是說，被父母賣去妓院，欠了一身債，被迫賣淫的女人，也生下了孩子。

差不多也是在那個時候，我看到一篇報導提到，在從二〇一一年後持續陷入內戰狀態的敘利亞，出生率反而上升，我感到很不可思議。

一百年前，出生在東北的女人即使生活環境很艱辛，仍然生下了孩子。

在持續內戰的敘利亞，人們也努力生孩子。

日本在戰後的糧荒時期，曾經出現了嬰兒潮。

「為什麼生活環境這麼艱苦，他們還會生孩子？」

因為我搞不懂其中的原因，也不知道為什麼，於是就查了很多資料，最後發現「正因為生活艱辛，所以才要生孩子」，因為要把生命傳承給下一個世代。

如今的少子化，或許是因為生活太安定了。

「只有生兒育女，才是生命的延續嗎？」我不由得產生了這樣的疑問，而且也知道很多人即使想要孩子也無法如願。

因為有我的父母、祖父母、曾祖父母和曾曾祖父母，我才能夠來到人世，能夠擁有生命活在世上。在充滿飢餓、疾病和戰爭的時代，人命的價值比紙薄，但仍然有人堅持延續生命。

這個理所當然的事實突然帶著巨大的影響力出現在我的眼前。

我生活在安全舒適的日本，也結了婚，而且太太也想要生孩子。我有工作，有能力養活孩子，卻因為「不喜歡孩子」這種情緒化的理由不生孩子，我覺得自己錯了。

於是，我決定要和太太生孩子。

我是三月出生，日本的學校是四月開學，所以在求學過程中因為自己年紀比其他同學小，吃了不少苦頭，我不希望自己的孩子有和我相同的煩惱，所以和太太討論，希望孩子在四月到六月期間出生。幸運的是，我們的計畫懷孕、計畫分娩都很順利，兒子在二〇一六年六月十六日出生，我終於成為人父。

從延續生命的根本出發，就可以發現，育兒的最大目的，就是「讓孩子活下來，好好長大」。

親子關係和朋友關係的
最大差異，
就是「能不能依靠」。

名為安心的溫柔

結婚後，和太太共同生活的五年期間，是我和太太學習成為父母的重要時間。我們在二十多歲時的世界很狹小，知識也很貧乏。如果沒有這五年期間，我們孩子的世界或許也會很狹小，缺乏知識。

如今，我和太太在養育兒子的過程中持續成長，有小孩子的生活很充實，我甚至已經想不起來我和太太兩個人的生活是什麼樣子。

有了兒子之後，生活變得豐富多采。也因為有了兒子，讓我更深入瞭解到「我和我太太原來是這樣的人」。

因為在和比自己更弱小的對象接觸的過程中，可以更瞭解那個人。如何和兒子這個「比自己弱小很多的對象」相處，決定了我和妻子是怎樣的人。

不強迫兒子做任何事；即使是基於善意，也不會堅持自己的意見；為了避免兒子失敗，搶先為他做決定。為了避免犯下這種錯誤，每天都必須小心謹慎。

我和太太在育兒的問題上決定了幾件事。

首先，凡事都要稱讚。兒子只是順利把飯送進嘴裡，我們就一起稱讚他：「好棒喔。」他吃完飯時，就發自內心地稱讚：「小優，你好厲害。」

兒子吃飯時經常會吃得滿桌、滿地，或是把飯碗打翻，有時候會大聲咀嚼，他會犯很多錯，但我們絕對不罵他。父母把焦慮發洩在孩子身上，即使罵他也無法解決問題，反正他遲早會學會這件事。

稱讚可以培養兒子的「自我肯定」，自我肯定有助於建立自信，自信可以成為他人生路上的良師益友。

當然，有時候為了讓他瞭解一些事，也會斥責他。有稱讚，也有責備，妥善加以運用，才是父母的溫柔。

當兒子生氣亂丟東西時，我們就會斥責他；有時候他無法用言語表達，就會動手，我們也會斥責他。因為和托兒所的其他小朋友相比，他的個子比較大，所以很擔心他會在托兒所欺負其他小朋友。我在寫這本書時，他剛好是被稱為「討人嫌的兩歲兒」的幼兒叛逆期。

我和太太決定，「不要兩個人同時罵他」。

如果有一個人罵他，另一個人就安撫他的情緒。如果爸爸和媽媽同時罵他，他會覺得無處可逃，所以家裡基本上是我扮黑臉，我太太扮白臉。

對於該不該斥責孩子，有正反不同的意見。現在有很多親子關係像朋友一樣，和我們這個年代的人小時候相比，現在的親子關係更密切。

我也認為親子之間感情和睦是一件好事，父母不需要過度用權威壓制孩子，但親子關係和朋友關係最大的不同，就在於「能不能依靠」。

父母必須讓孩子感到安心，才能夠成為孩子想要依靠的對象。

父母必須堅強，才能夠讓孩子依靠，至少必須成為最支持孩子的人。這可以讓孩子安心，安心是孕育自信的土壤。

我兒子應該會比別人更早失去父親，我希望能夠帶給他很多自信，作為我送他的禮物。

我也許是為了
將自己的心情傳達給兒子，
才會選擇攝影的人生。

從兒子身上學到的事

我每天打掃，兒子也開始模仿，跟著一起打掃。

我每天拍照，兒子也模仿我，開始跟著我拍照。

無論兒子做什麼，我都會稱讚他「好厲害」、「你好棒」，所以兒子總是很樂於挑戰很多事。有人說，「兒女是父母的鏡子」，我覺得這句話很有道理。

前幾天，我在搭公車，有一位母親在下車時，要求孩子向司機先生道謝。那個孩子差不多是即將上幼兒園的年紀。

「快啊！有沒有說謝謝？」

那位母親說話的語氣很嚴厲，好像在生氣。「謝謝」明明是一句溫柔的話，但那位母親好像在嚴格教導什麼作業步驟，讓我感到不太對勁。

其實不需要特別指示，只要那位母親每天面帶笑容向公車司機先生和便利商店的店員說「謝謝」，小孩子也會很自然地模仿。父母經常想要教孩子很多事，但其實小孩子會不經意地從大人身上學到。

我也透過兒子，瞭解了我一直不瞭解的事。

「什麼是好照片？」身為攝影師，對我來說是一個很重要的問題。

我從十八歲時開始拍照，然後在學校學攝影，之後又拜師，邊工作邊學藝。

即使是不起眼的工作、很辛苦的工作，或是不太想做的工作，我都拿起攝影機完成了。

這些年來，也拍了許多雖然沒有酬勞，但自己發自內心想要拍的照片。也曾經拍過獲得大獎的照片，當然也拍過現在根本不敢看的蹩腳照片。

即使這樣，我仍然不知道「什麼是好照片？」這個問題的答案。

得知自己罹患癌症之後，我在拍照時，都希望在我死了幾年之後，兒子看了我拍的照片，可以感受到「爸爸很愛我」。我希望能夠把此刻的心境傳達給兒子，我為此每天拍照。

他笑起來的臉很可愛。專心看《湯瑪士小火車》繪本的表情很可愛。第一次去溫泉時，穿浴衣的樣子也很可愛。他無論做什麼，都可愛得不得了。

雖然我一直在思考「什麼是好照片？」這個問題，但兒子讓我瞭解到這個問題的答案。我終於知道，好照片就是能夠正確傳達攝影者想要傳達的感情。

雖然我很晚才領悟到這件事，但我現在仍然可以拍照，所以還不算太遲。

我三十四歲就罹患癌症或許太早了，但如果這就是我的命運，攝影師的人生或許也是我的命運。

我也許是為了將自己的心情傳達給兒子，才會選擇攝影的人生。

也許我是為了這一刻而持續學習攝影。

我今天也拍了照，兒子想要模仿我，笑著伸手拿相機。

相機沾滿兒子的口水就傷腦筋了，所以我決定最近要找時間，和太太、兒子一起去買一台兒童相機。

2

關於孤獨和朋友，我希望兒子學習的事

學校是學習不合理的地方。

「父母的奸巧」是人生寶典

在我小時候，覺得學校充滿了不可思議的事。

比方說，兩個同學吵架之後，老師會說「好，現在握手和好」，讓我感到很不可思議。問題還沒有解決，只是握個手，根本不可能和好。

誰的地位比較高，誰的地位比較低的「學校種姓制度」也很不可思議。決定的標準很隨便，也不知道是誰決定的，卻變成了絕對不可動搖的規則。

老師強迫學生接受的某些規則也很奇怪。比方說，像是「自動鉛筆很危險，禁止使用」、「上課時不可以用計算機」。

大人使用後覺得方便的工具，小孩子應該也覺得很方便。現在的學校可能會禁止智慧型手機，但既然手機是方便的工具，大人幾乎人手一機，連老人家也「邊走路，邊看手機」，根本不應該禁止，而是應該教學生如何使用。

無論重新分班多少次，仍然無法杜絕霸凌的發生。社團活動和集體生活的種種。老師說話自相矛盾，或是有些老師的為人處事讓人無法苟同。

學校充滿了各種不可思議的事。

長大之後，我覺得學校應該是學習不合理的地方。

因為社會本身就很不合理，如果不瞭解不合理是怎麼回事就長大成人，就會被不合理壓垮，所以，我讓兒子去學校讀書有兩個理由。

第一，讓他體會和年齡相符的經驗。

第二，像預防接種一樣，讓他對不合理產生免疫。

除此以外，我對學校別無所求。

我認為學校讀的書沒有意義。比方說，我完全不會寫漢字，但只要用電腦，就可以寫下這些文章。即使不需要死記硬背歷史的年分，只要用手機上網一查，就可以查到了。雖然有人說，「現在是國際化社會，英文必不可少」，但電腦的自動翻譯越來越發達，以後每個人都可以使用很多種語言。

英文只是工具而已，用英文說什麼才重要。即使學會如何使用筆，也無法寫出好文章；會用相機也不見得能夠拍出好照片。

但是，學校只傳授技術和知識而已，卻不傳授該說什麼、該拍什麼、該寫什麼這些富有創造性的部分。如果只是學死記硬背的知識，去補習班更有用。

這麼一想，就得出了去學校只能學到不合理這件事的結論。

學校除了課業以外，或許還會教道德，或是「友愛同學，和每個人當好朋友」這種場面話，但我認為我兒子不需要學這種東西。我身為父親，想要向他傳授更符合現實的「奸巧」。壞人的奸巧是真正的奸巧，父母向兒女傳授的奸巧是人生寶典。

「有助於生存的奸巧」對小孩子的人生更重要，也更有用。

所以，當兒子充分體會了學校的不合理後，即使他說「我不想去學校」，我也覺得沒問題，我打算對他說「你可以去你想去的地方」。

因為適度的不合理是預防接種，過度的不合理將會成為摧毀一個人的毒藥。

我認為朋友的人數並不重要。

「一百個朋友」的詛咒

我小時候對一首歌感到很不可思議。

「等我上了一年級，等我上了一年級，能不能交到一百個朋友呢？」（〈等我上了一年級〉作詞／窗道雄）

即使同一個班級，也未必能夠和全班所有的同學成為朋友，要結交一百個朋友根本不可能。成年之後，認識的人可能有超過一百個，但朋友離一百個還差得很遠。

為什麼大人自己也做不到的事，要理所當然地要求孩子做到呢？

人和人之間有合得來和合不來的問題，朋友並不是自己想結交，就能夠交到的。「和每個人都當好朋友」這種不合理的要求可能會讓某些孩子感到壓力很大，為此感到痛苦。

朋友當然很重要，但並不是「朋友越多越好」。

我認為朋友的人數並不重要。

初中、高中時，每天都見面的同學，現在根本不再見面；我和攝影學校時的同學也幾乎沒有再見面。隨著自己的成長，或是發表某些作品，就會結交新的朋友，建立新的人脈關係。也就是說，朋友圈會持續變化。

有些像兒時玩伴一樣，可以交往幾十年的朋友難能可貴，但「沒想到從幼兒園認識他到現在六十歲了，還一直是朋友」只是很自然的結果。和有些擦身而過的人，或是根本合不來的對象，不需要以「朋友」為名，勉強維持關係。

「Nikon Juna21」這個獎項被認為是年輕攝影師的登龍門，我花了五年時間，拍攝了在日本各地海上殘存的古建築，集結而成「海上遺跡」這部作品獲得這個獎之後，在短期間內，有多家媒體報導了這件事。

得獎固然很高興，但同時也開始在網路上受到中傷。朋友告訴我，網路上有我的負面消息，我去網上的討論區一看，發現有人寫著「這個叫廣志的人如何如何」。我看到之後，立刻知道「寫這篇內容的人是我朋友」。因為只有朋友和家人才會叫我「廣志」，如果是不認識的人，應該會叫我「幡野廣志」。

即使得獎，也並非只有好事；即使有朋友，也未必都是好事。只不過是得了獎，就可以看出朋友的人性。我覺得這一切都很無聊。

朋友並非永遠會支持自己，身處的狀況和處境會發生改變。

雖然我無意告訴兒子，「不要相信任何人」，但我不希望他被「朋友很重要」、「朋友很寶貴」這種漂亮的話束縛，而去維持一些沒有意義的朋友關係。

我希望兒子不要因為害怕孤獨，不敢離開一些自己並不喜歡的朋友。如果只有一個朋友，可能會很怕失去唯一的朋友，所以不妨和各種不同的人維持淡如水的君子之交。

在此前提下，我希望他是一個不怕孤獨的人。

我打算問兒子，
「如果不去學校，你想去哪裡？」
他想去的地方即使不是學校也無妨。

自己的規則

我在二〇一八年春天舉辦了一場名為「開動了、謝謝款待」的攝影展，在會場放了紙杯墊，請來參觀的民眾寫下感想。展覽結束後，我把所有紙杯墊都帶回了家。杯墊有一定的厚度，總共兩千張的分量的確很震撼。

除了對作品的感想以外，還寫滿了留言。其中有一張是我國中同學的感想。自從畢業之後，我就不曾和他見過面。

他在讀中學時，有一段時間拒學，當他重返學校時，在學校遭到了孤立。我經常和他在一起。他在杯墊上寫著自己的近況，他目前做編輯工作，有一個孩子，除此以外，還寫著「因為我很想向你道謝」。

當時，我並不是因為同情他，而是和他聊天很開心。

「你不來學校的時候都在做什麼？」我很想知道這件事。

我向來不想去學校，他在我眼中是勇士。

因為我雖然沒有拒學，但想要逃避學校那些不合理的事。

比方說，運動會的排練。每次運動會之前，都要排練好幾次，在運動會的前一天，甚至要排練和運動會當天一模一樣的事。町內會的運動會都是直接上場比賽，如果是奧運規模的運動會，或許需要排練，但也會要求所有選手一起排練。

我忍不住思考學校要求我們排練的理由，我覺得是為了讓家長滿意，也是為了老師自己滿意，至少不是為了學生。

之後，我就沒有再參加排練。因為我覺得與其做自己不喜歡的事，還不如站在書店看書比較開心，所以就這麼做了。

做和別人不一樣的事，就會遭到排斥。老師罵我，同學也都對我皺眉頭。也許我不對很多事產生質疑，人云亦云，就不需要吃這些苦頭，但我做不到。

除了拒學，成為不良少年是另一種擺脫校規的路線。

我就讀的那所八王子市區的高中還有快絕跡的飆車族，我覺得那些飆車族同學一點也不酷。飆車族的規矩很多，像是機車、服裝、抽菸，還有上下關係，以及集團飆車，都有既定的規範。

為了逃避校規而遵守飆車族的規定，這根本失去了意義。我猜想聚集在便利商店，然後大音量地在附近國道飆車的飆車族，或許也只是在配合彼此的價值觀。

雖然我討厭學校，如果兒子說他「很喜歡學校」，當然也沒問題。如果兒子說「我討厭學校」，那他就不必去上學。

如果兒子不想去學校，我會問他：「那你想去哪裡？你想做什麼？」我希望他可以找到想去的地方，但並不需要是學校。

能夠反抗學校，就代表不會毫無意義地配合周圍，逐漸建立「自己的規則」。我身為父親，希望可以溫柔地守護他。

我希望當兒子成為霸凌的受害者時，他能夠向我坦承「我遭到霸凌」，向我求助。

對抗霸凌的方法

燕巢中也有霸凌。

四隻小燕子中有三隻團結起來欺負另一隻弱小的小燕子，就可以獲得更多食物，更有機會活下來。

山豬和雞也會霸凌，人類無論在任何一個時代都有戰爭。在群體中建立等級制度，弱肉強食是動物的本能。既然是本能，霸凌就絕對不可能消失。

我經常想，兒子會不會因為爸爸罹癌死亡而遭到霸凌。

「不會有這種事。」雖然有人這麼說，但東日本大地震後從福島來避難的很多孩子都遭到了霸凌。

失去父母、遭遇不幸、貧窮、功課差、個子瘦小、內向……在團體內，許多人都會找出這種「弱點」，把人擊垮，這種霸凌建立在類似「誰強誰弱」的輸贏比賽基礎上。欺負弱小，會讓人產生優越感，也可以避免自己遭到霸凌。

即使在這個問題上，也有許多人喜歡用「責任自負」這幾個字。對於那些因為收入過低而接受政府補助的弱勢族群，也以「責任自負」、「造成社會負擔」而過度加以抨擊的人，或許是因為自己無法享受生活，所以才對別人這麼嚴格。

弱勢族群之所以成為弱勢當然事出有因，很多時候當事人根本無法控制。所以我希望兒子是一個溫柔的人，他將會有失去父親這個「弱點」，我必須遺憾地說，他生活的社會並不溫柔，所以他更要溫柔。

同時，我希望兒子具有自己的價值觀，不要未經思考就隨波逐流。

我周圍一群有趣的人都很有個性，包羅了各種性格。他們比隨俗浮沉的人更加耀眼。

然而，「和大家不一樣」也可能成為霸凌的導火線。雖然目前提倡多元化的重要性，但日本這個社會要求每個人融入團體，要讓社會認同各種不同的價值觀，恐怕還必須走很長一段路。

這麼一想，就覺得我兒子遭到霸凌的可能性更增加了。

但是，即使我兒子遭到霸凌，學校的老師也不會向他伸出援手。霸凌就像打地鼠一樣，即使解決了一件霸凌，又會發生新的霸凌。老師有很多工作要處理，站在老師的立場，很希望遭到霸凌的學生一直忍耐到畢業，因為這樣老師最輕鬆。

至於班上是否會有其他同學伸出援手，我猜想問題沒這麼單純。

我在高中時也曾經遭到霸凌，對方向我索取金錢。那個人就像是《哆啦A夢》中的胖虎一樣的調皮鬼，我超討厭去學校，每天早上都會肚子痛。

不久之後，和我同一所國中的同學介入，胖虎就不再欺負我，但這並不是美好的結局，或是「感人的故事」。

那個介入的同學以胖虎霸凌我為由威脅胖虎，向他索取金錢。簡單地說，就是我的國中同學比胖虎更壞。

雖然以毒攻毒是好辦法，但我並不希望兒子變成毒兒子。

那該怎麼辦？

我想到三件事，讓兒子免於霸凌的恐懼。

首先，要充分關愛他。霸凌問題很棘手，自己的孩子不僅可能成為受害者，也可能成為加害者。我兒子個子高大，也很有力氣，可能性很高。

我也曾經聽霸凌的加害者談過霸凌的問題，會霸凌他人的孩子通常都缺乏關愛。這個問題取決於父母，所以應該可以預防我兒子成為霸凌的加害者。

所以，我希望盡可能給予兒子關愛，而且，我和我太太是我兒子的父母，我希望兒子成為霸凌的受害者時，他能夠向我們坦承「我遭到霸凌」，向我們求助。

第二，培養兒子溝通的能力。

遇到霸凌問題時，不需要借助大人的力量，小孩子自己解決當然最理想。溝通不需要付出代價，對精神層面來說，也是理想的經驗，有助於兒子成長。

我認為女人具有理解他人的「同理能力」，男人具有「問題解決能力」，有助於消除和對方之間無法相互瞭解的部分。如果兒子具備了這兩種能力，就不會用「責任自負」這種冷漠的話欺負弱小。

雖然自行解決霸凌問題最理想，但要實際做到並非易事。

第三就是我想傳授他逃離討厭的人的方法。如果無論如何都無法解決，我希望他在自己崩壞之前，趕快逃離。因此，瞭解逃離的方法也很重要。

如果靠這三種方法仍然無法解決問題，就需要由家長介入。霸凌是犯罪，有時候需要借助警察和司法的力量。我不希望用「握握手，大家都是好朋友」這種漂亮話粉飾太平，讓我兒子淪為犧牲品。

雖然有些時候，「小孩子吵架，家長不要干涉」是正確的做法，但並非所有情況都是如此。大人遇到麻煩也會找別人商量，甚至尋求警察或律師的幫助，不需要讓孩子單槍匹馬和惡勢力對抗。

而且，法律並不是保護弱者，而是保護懂法律的人。雖然我很想教我兒子法律，但如果無法如願，他可以自己用智慧型手機上網查。

我希望兒子能夠瞭解，雖然可能沒有爸爸可以保護他，但他必須瞭解保護自己的方法。

逃離討厭的人最好的方法，
就是對自己有自信。

逃離討厭的人

如果兒子對我說「我很討厭一個同學」，我不會對他說「不可以討厭別人，要和他當朋友」。

有討厭的人很正常，不需要勉強自己喜歡對方，所以我不會教兒子「和任何人都可以當朋友的方法」，而是想教他「如何對待討厭的人」。我認為父母的「奸巧」對孩子的人生有幫助。

我原本就盡可能避免和自己討厭的人見面，最近做得更加徹底。因為我來日不多，沒有時間和討厭的人見面。

那些陷入「我很厲害！」這種自我滿足的人，隨著年齡的增長，會變成超可怕的人。我相信這種情況並不是攝影界才有這種人，這種人內心認為「我很厲害」的想法會越來越膨脹，但能力本身並沒有長進。他們自己並沒有意識到這件事，開口閉口就是「我年輕的時候……」，強迫別人接受他認為的「正確」的事，讓人傷透腦筋。雖然這種人會口口聲聲說「我是為你好」，其實是為了他自己的「自我肯定」。

也許他們說的那一套在以前很正確，但一切都在持續變化、更新。就像電器產品一樣，新產品的性能比較優秀。每次見到二十多歲的攝影師，都覺得「無論感性和新的技術，都讓我望塵莫及」。

但是，那些喜歡賣弄自己的經驗和年齡，大肆宣揚「我才正確，你們都要向我學習」的討厭鬼層出不窮，所以，要對「以前如何如何」這句話特別謹慎。

雖然還有很多不同類型的討厭鬼，但「不溫柔的人」絕對都是討厭鬼，只要和第一章討論的「溫柔的人」相反，那種人就是討厭的人。

我希望可以告訴兒子「徹底遠離討厭鬼」。

當討厭的人委託案子時，我就會拒接。因為我相信即使放棄了這個機會，只要和討厭鬼保持距離，努力成為一個溫柔的人，就會有其他溫柔的人向我提供其他機會。相反地，如果認為「這只是工作」，或是「人脈很重要」，勉強自己聽討厭鬼說話，或是迎合對方，自己也會受到討厭鬼的價值觀影響，變成一個討厭的人。

如果在聚餐時遇到討厭的人，我就會拿著杯子起身，假裝換座位，然後悄悄溜走。當然會把杯子放在店門口，不會帶回家。

如果不得已，非要聽討厭的人說話，我就會假裝在聽對方說話，心裡想其他事。像是看著眼前的咖啡杯想「這個杯子很白很光滑，和我以前常去的家庭餐廳用的杯子一樣」，用這種方式逃避現實。無論身處任何狀況，心靈都可以保持自由，可以逃去任何地方。

即使我很努力避開討厭鬼，也曾經有一段時間不得不和討厭鬼打交道。

那段時間真的很痛苦，但我是在對自己產生自信之後，才終於做到「遠離討厭鬼」。在我對自己缺乏自信時，無法判斷對方的真正用意，把那些討厭鬼高高在上說的一些無意義的話，也當成良心建議。

所以，遠離討厭鬼的最好方法，就是建立自信。

選擇終身伴侶時，
不是選擇對方的能力，
而是要選擇對方的溫柔。

遇見「溫柔的人」的方法

有一個女人說，她遇到了詐欺。

她結婚才一年，原本對方在一流公司任職，最近因為覺得職場令他痛苦，於是就辭掉了工作，然後提出要買一輛餐車，打算開一家行動咖啡店。

「這麼一來，以後的生活不是超不穩定嗎？我嫁給他時不知道會變成這樣，這根本是詐欺。」

我聽了之後，忍不住感到難過。因為她完全無視另一半不惜辭職的痛苦，也否定了另一半打算開行動咖啡店的計畫，只擔心自己的生活。

我深刻體會到，「幸好我沒有和這種人結婚」。如果我和她結婚，她一定會責怪我「當初看你身體好好的，我才嫁給你，現在竟然得了癌症，這根本是詐欺」。

兒子長大之後，無論他結婚也好，不結婚也罷，但如果他打算結婚，最好不要用條件來挑選另一半。我相信即使不需要我提醒，他應該也能夠瞭解，他可以多交往幾個人，慢慢尋找適合自己的對象。如果只交一個女朋友，缺乏比較對象，根本無法瞭解對方是不是溫柔的人。

我也曾經交往過幾個女朋友，現在回想起來，很慶幸自己沒有和其中任何一個人結婚。雖然這些女朋友都很出色，和她們在一起也很開心，但在交往期間就分了手，可見並不是適合結婚的對象。

我和曾經交往過的對象中，以及所有認識的人中最溫柔的女人結了婚。

我太太當然有許多不擅長的事，或是無法做到的事，但是，她做不到的事由我來做就好，所以我認為我們可以成為互補型的夫妻。

但是，在我罹患癌症後發現，當我因為生病，體力變差，無法再做到以前理所當然可以做到的事時，我太太一肩扛了起來。

「連電腦都不知道怎麼打開的人，根本不可能管理作品」。以前我一直這麼認為，沒想到教了她之後，她做得很好，除此之外，她還協助我做了很多事。

以前我身體健康的時候，太小看我的太太了。

擅長或是不擅長並非固定不變，原本認為自己理所當然能夠做到的事，一旦生病之後，就無法再做到，而且，無論活到幾歲，人都可以持續成長。

除了結婚對象要找溫柔的人，在日常生活中，該如何分辨一個人是不是「溫柔的人」？我想向兒子傳授兩個判斷基準。

首先，在向對方傾訴煩惱時，對方如何回答。

面對別人傾訴煩惱時，該如何回答，就像是測試人性的石蕊試紙。如果強迫對方接受自己的回答，對這種人最好敬而遠之。能夠接受他人，輕輕推對方一把的人，才是溫柔的人。

另一個衡量標準，就是觀察對方如何對待弱勢的人。

在比自己弱勢的人面前表現得很強悍的人，容易壓迫屬於弱勢的親生子女，所以最好敬謝不敏。因為這種人通常對孩子的控制欲很強，要格外小心。

這兩大判斷基準除了可以用於選擇結婚對象，也有助於判斷一個人的人品。

我希望兒子瞭解
把自己的想法
傳達給對方的方法。

不要期待他人的理解

我希望我們父親和母親這兩個家人，對兒子而言是重要的人。除了家人以外，我相信兒子還會有朋友、情人、老師等重要的人，而且他自己以後也會有自己的家庭。

我想告訴兒子，希望家人是在他身邊最支持他的人，也是最能夠讓他信任的人，但即使是家人之間，也不要認為「不用說出來，彼此也能夠瞭解」。無論再怎麼親近，都必須學會用自己的話，把內心想法傳達給對方的方法。

癌症病人經常遇到一種狀況，就是經常會因為親近的人說的話而受傷。我也不例外，家人的某些言行會讓我難以承受。雖然我知道對方並非故意，而且也只是小問題，但不喜歡就是不喜歡。

比方說，曾經有一次，我想和太太聊一下「如何度過剩下的人生」這個話題。雖然她回應了我，但她剛好在看電視，兩隻眼睛仍然盯著電視。也許她害怕面對我未來所剩不多的人生。

我的精神狀態很不錯，也服用鎮痛劑，所以外表看起來和健康的人沒什麼兩樣。太太每天都看到我，有時候可能會忘記我生了病，用和我之前健康時的態度和我相處。

但是，我的身體狀況急轉直下，內心其實很沮喪。

所以，我想和太太談一談重要的事，但她心不在焉地繼續看電視，讓我感到心浮氣躁。

我太太也不容易，因為我這個丈夫突然罹患了癌症，她的壓力也很大，於是我們就吵架了，吵架之後，我又更沮喪了。

我靜下心來思考之後，決定對太太有話直說。

比方說，我太太以前就很喜歡說「有一個很糟的消息」。那只是她為了讓聊天內容更吸引人的口頭禪，我以前健康的時候，都會老神在在地想「八成又是她大驚小怪」，但目前的精神狀態下，就會忍不住很緊張。

所以我每次都語氣強烈，而且直截了當地告訴她：「我希望你以後不要說話。」如果我貼心地為太太著想，認為語氣太強烈，她會很受傷，或是天真地認為既然是家人，我不說出口，她應該也知道，事情就會變得更加複雜。

我明白說出口時，太太當下雖然會尷尬，但如果害怕尷尬而不敢說，反而會影響我們之間的關係。

因為我希望兒子可以成為直截了當表達內心想法的人，我和我太太身為他的父母，必須以身作則，有話就要說出來，成為他的榜樣。

如果父母只會用暴力表達想法，孩子在表達想法時，也會使用暴力。父母的言行會產生連鎖效應。

我會對兒子說，希望他能夠把自己想法傳達給別人，同時也會讓他瞭解，無論再怎麼努力傳達，也無法讓人百分之百瞭解。

這個世界上，只有自己最瞭解自己，只能靠自己尋找答案。

只有自己才能拯救自己。

我希望他在人生路上，能夠認清這個嚴峻的事實。

雖然每個人都害怕孤獨，
但人生需要孤獨。

推薦一個人的旅行

我在二十多歲時，買了一輛二手車，只要一有時間，就在日本各地旅行。為了能夠睡在車上，我當時買了一輛廂型車，但只花了十五萬的車子又舊又破。我當時很想拍照，而且也不想留在家裡。雖然家裡並不會讓我感到不舒服，但那個年紀的男生，和媽媽、姊姊生活在同一個屋簷下，覺得「哇！太開心了！」恐怕反而有問題。

去山上，去海上的島嶼，去日本的貧困地區。

生活在東京，只要去車站，電車就會出現；肚子餓了，就可以去便利商店張羅食物，但我獨自前往完全沒有這種「東京的理所當然」的地方。

即使事先瞭解情況，但親眼目睹的感覺還是不一樣，我這個人似乎無法滿足於只是知道而已，必須付諸行動，親身體會，深入加以瞭解。

在深山裡，完全看不到其他人的孤獨環境中，即使看到一隻猴子，也會覺得很可愛。看到並不稀奇的松鼠也會忍不住叫：「啊！有松鼠！」整個人的感官變敏銳，感性也變豐沛。

持續一個人的旅行，就會漸漸開始自言自語。起初會覺得「咦？我是不是有問題？」但看了那些主角陷入孤獨的電影後，發現那些主角也都自言自語。

當過度孤獨時，為了排解這種孤獨，就會開始說話，只是說話的對象是自己。因為一直和自己為伍，如果自己是一個討厭的人，就會無法忍受。

因此，獨自旅行是瞭解自己，和旅行中的自己的寶貴時間，也是探究自己是怎樣一個人的機會。

在我罹癌之後，雖然我身邊有很多人，我卻感到孤獨。來日不多是在面對極致的孤獨，因為我曾經踏上一個人的旅行，才有辦法面對這種巨大的孤獨。之前所做的一切，經歷過的一切，在內心累積了很多力量。

所以，我想要告訴兒子，「旅行很美好」。一個人出門旅行，面對孤獨一定可以成為瞭解自己，有所收穫的經驗。

和心儀的女生一起旅行很快樂，但我認為與其稱之為旅行，不如說是過夜的約會。

比方說，如果和朋友一起出國旅行，無論在南極還是北極，都和在八王子的星巴克聊天完全相同。這樣失去了旅行的意義，也無法成為體會孤獨的經驗。

如果一個人旅行時整天看手機，也無法稱為面對孤獨。雖然我也常常忍不住看手機，但我想推薦兒子展開不看手機的旅行。

雖然每個人都害怕孤獨，但人生需要孤獨。

因為我認為只有自己會和自己形影不離，而且會陪伴自己到最後。

不在意他人的眼光，
凡事要親身去體會。
這將有助於培養自信。

印度攝影師的教導

我出門旅行時都會拍照，但事後再看那些照片，卻無法回想起當時的感動。相機是不完美的工具，無法拍下風聲、氣味、溫度和濕度等所有的感覺。在人的五感中，照片只使用了人類的視覺，而且也沒有充分運用視覺。人類的視野有將近一百八十度，但拍成照片後，視野就會大為縮小。

光看照片，無法瞭解很多事，所以旅行的經驗很重要。

遺憾的是，很多人去某個景點，拍下「和大家一樣的照片」，就覺得自己完成了旅行。即使獨自環遊世界，在玻利維亞烏尤尼鹽湖拍下跳躍的照片，也和去迪士尼玩一趟沒什麼差別。

我們為什麼會中了「和大家一樣」的詛咒？

我猜想是因為我們在意他人的眼光，也因為我們對自己缺乏自信。

我去印度旅行時，體會到這件事。

我第一次出國旅行就是獨自去印度一個月。

我從來沒有踏出過日本，看到人的屍體躺在河岸上，受到很大的衝擊，看到野狗把屍體的內臟拉出來啃食的樣子，更是啞口無言。

如果在日本，這絕對會成為重大新聞，但印度人信奉輪迴轉世，死亡並不是太悲傷的事。他們認為死亡和有說有笑、吃飯工作一樣，是日常生活的一部分，令我大開眼界。

雖然印度被稱為IT大國，但大部分印度人都很貧窮，最多有一台很破的電腦，裝了老舊的Windows作業系統，幾乎沒有人有相機。我在那裡被騙、被當肥羊宰，接觸到完全陌生的價值觀，覺得世界一下子變得開闊。

但是，更令我震驚的是我無意間走進一家書店，看到的一本寫真集。

那並不是拍攝恆河或是屍體等一看就知道是印度的作品，只是拍攝很普通的生活，卻是很出色的作品。

假設我要拍攝某個人物，對方或多或少會有點緊張。因為被攝對象和我之間，還有相機這個異物存在。

但是，那本寫真集中的照片很不可思議，生動得就像是肉眼在看被攝人物，簡直就像用透明的相機拍下的。

那是世界聞名的印度攝影師拉格．雷的作品集，我看了他的作品後決定「我要來拍日本」。

我在年輕時想得很簡單，以為「只要去日本人不曾去過的國外拍照，就可以拍出很震撼的照片，就有機會嶄露頭角」，雖然說起來很丟臉，我和別人在烏尤尼鹽湖拍跳躍的照片一樣，也在印度拍過屍體的照片。

印度的照片必須由印度人來拍，日本的照片就該由日本人來拍。用自己的雙眼拍下自己充分瞭解的對象，才能夠感動他人。

在印度看到的照片，讓我瞭解到這件理所當然的事。

拉格·雷還教會我另一件事，那就是照片並不是炫技。

日本人更擅長拍出技術高超，構圖完美的照片，在日本，即使不是攝影師的普通人也都有單眼相機，有許多人都喜愛攝影。

但是，我強烈地感受到——

「日本人拍出來的照片是不是水準很低？貧窮國家的人雖然沒有很多人都有相機，但他們所拍的照片是不是更出色？」

我猜想最大的原因，應該就是經驗。

生活在貧窮的國家、生活環境很嚴酷的國家時，這種經驗可以運用在照片上。

那次之後，我開始覺得繼續拍那種只有攝影師同行才懂得欣賞，所謂「內行人才看得懂門道」的好照片沒有意思。因為靠炫技拍出來的照片無法打動觀眾的心，我不想成為井底之蛙。

我強烈地感受到，既然拍照不是炫技，那我必須充分磨練自己，培養自信。

日本的媒體記者之所以愛用閃光燈，並不是因為現場光線不足，而是因為其他人都用閃光燈。我猜想是在意上司和周圍人的眼光。

許多人在意構圖等「好照片」的定義，也是因為在意別人的眼光。

觀光客的照片之所以很無趣，是因為只是在模仿別人的照片。

在意別人眼光的習慣，會讓自己綁手綁腳。

雖然我並不希望兒子以後當攝影師，但我希望他瞭解一件事——

不在意他人的眼光，凡事要親身去體會。這將有助於培養自信。

只要成為一個對自己有自信、有趣的人，即使不必出遠門，也會發現有趣的對象，拍出有趣的照片。

而且現在的我有兒子這個很會發現有趣事物的最佳感應器。

兒子會發自內心地覺得蒲公英的冠毛很有趣，一次又一次吹冠毛。他會長時間看著螞蟻搬家。對小孩子來說，去托兒所的路程就是旅行。

雖然我打算教兒子很多事，但我發現兒子也教了我很多事。

有趣的人有明確的自我，
不會在意他人的眼光。

趣味和交談

不久之前，聽說神戶一名罹患心臟病的病童很想見我。

他今年十三歲，醫生說，他這種疾病只能活到十八歲左右。

我在他生日那一天去和他見面，齋藤陽道也和我一起同行。他是和我同年的攝影師，曾經獲得很多大獎。他不僅失聰，也不擅長交談。

齋藤帶給病童的禮物是一本宇宙圖鑑，他想要告訴還剩下幾年的生命，然後隨時可能離開這個世界的十三歲男孩不只是「世界很大」，而是「宇宙很浩瀚」。他有許多行星，有很多宇宙，地球只是其中之一，日本是地球上的一個國家。他可能想藉此改變那個男孩的世界觀。

我不由得感動不已，覺得他的格局太大了。

我很希望兒子也可以成為像齋藤一樣有趣的人。齋藤從小就體會了表達不是一件容易的事，讓他成為一個有趣的人。

我認為有趣的人當然是經驗豐富的人，但並非僅此而已。

有趣的人有明確的自我，不會在意他人的眼光。

他們不會在意別人的批評，也不會受他人意見的影響。他們說的話、做的事都很有趣，而且也能夠找到自己想做的事。因為無論別人說什麼，他們都知道自己做什麼會感到快樂，所以才能做到這一點。

無趣的人剛好相反，他們在意他人的眼光，會受他人意見的影響。

他們會隨著目前的流行和別人的判斷改變自己的做法，只要有人說「這不行」，他們就會馬上接受。

為了避免兒子成為這種無趣的人，我希望自己先成為一個有趣的人。

有趣的人也同時是談話高手。

有趣的人無論多麼位高權重，都不會自吹自擂，而是會說對方想聽的話，所以很多人都願意聽他們說話。

有趣的人說話會體貼對方，不會把對方踩在腳下。

他們能夠以「對方的需求」為主軸，提供許多讓對方樂在其中的豐富話題，也就是說，他們知識淵博，擁有各方面的經驗，所以我想嘗試很多事，也想多接觸書籍、音樂和藝術。

人生在世，絕對需要瞭解成為有趣的人的方法，和健談的方法，學校卻從來不教這種知識，所以我想自己教兒子。

想要成為一個有趣的人，最好的方法就是身邊有一個有趣的人。生活中一定會遇到有趣的人，所以我和兒子一起去散步時，遇到有趣的人，就會主動打招呼。上次聽一個有三十年經驗的油漆師傅分享為牆壁刷油漆的秘訣，簡直太有趣了。

兒子看到我輕鬆地和有趣的人交談，以後一定也會模仿。

比起巨大的成功，
要更重視累積許多
微不足道的成功經驗。
父母稱讚孩子的成功經驗，
有助於為他建立自信。

如何建立自信

不久之前，還必須在深夜測量熱水的溫度後，為兒子泡牛奶，然後托著他的脖子餵牛奶，餵完牛奶後，還要拍嗝。如今他已經兩歲，會自己喝倒在杯子裡的麥茶。

隨著兒子漸漸長大，育兒工作也越來越輕鬆，兒子學會的事越來越多。每次他學會一件事，我就會稱讚他。他喝完麥茶，完全沒有灑出來，我就會稱讚他；他自己穿好襪子，我也會為他鼓掌。

我認為稱讚是培養自信的營養，而且自信很重要。

如果缺乏自信，就會缺乏餘裕，無法成為溫柔的人。

所以無論再微不足道的事，我都會稱讚兒子，我希望為他建立自信。

我小時候從未受過稱讚，缺乏自我肯定。

我想應該是時代背景的關係，在我成長過程中，幾乎從來不曾受到父母和老師的稱讚。

所以，我遲遲找不到自己喜歡的事，和自己想做的事。即使說得很謙虛，我也算是成功的攝影師，但在打基礎的時期，我整天都感到很不安，擔心自己一輩子都出不了頭。

直到我贏得Nikon的攝影獎，我才終於學會肯定自己。

對父母那個世代的人來說，自己的兒子出現在雜誌和報紙上是一件大事，他們很高興地稱讚了我。雖然我並不是因此產生了自信，只覺得「和之前的態度也差太多了」，但自己內心的認同欲求得到了滿足，也因此萌生了自我肯定。

得了獎之後，就知道那只是攝影路上的一件小事而已，但如果沒有得獎，甚至連這件事都不知道。而且，如果自己的認同欲求沒有得到滿足，就無法稱讚別人。

所以，缺乏自我肯定的人可以先做一些可以滿足自我認同欲求的事。

但是，我絕對不會為了建立兒子的自信，要求他「努力得獎」。因為得獎或是上媒體是很困難的事。比起巨大的成功，要更重視累積許多微不足道的成功經驗。父母稱讚孩子的成功經驗，有助於為他建立自信。

我認為的成功很簡單。

我也經常在內心稱讚自己。

「今天做得很好。」晚上入睡之前，或是獨處的時候，就會稱讚自己。對自己的失敗睜一眼，閉一眼，聚焦在自己完成的事上，多稱讚自己。

現在無論我還是我太太都會稱讚兒子，等他稍微長大之後，我希望他可以學會自己稱讚自己。習慣稱讚之後，當受到他人稱讚時，就不會否認「沒這回事」，或是懷疑別人「是不是在奉承我？」。

經常稱讚自己，建立自信之後，就能夠稱讚別人。

我認為有自信、有趣的人相互稱讚的世界，是一個美好的世界。

3

關於夢想和金錢，我想傳授給兒子的事

金錢和工作是實現夢想的工具。

夢想和工作及金錢的關係

我很喜歡神社內祈願的繪馬。去神社看別人許的願很有趣，覺得自己好像變成了神明。

把繪馬翻過來，看背面寫的內容，會發現上面寫了很多願望。有的祈願自己能夠考上報考的學校，有的為戀愛許願，祈願健康也很常見，還有許願「希望可以成為〇〇」。

「希望可以考上公務員。」

「希望可以當醫生。」

「我絕對要成為遊戲開發者！」

每次看到這種繪馬，就覺得「這不是夢想，而是職業選擇」。

無論想當太空人、公務員、YouTuber，或是開咖啡店，都只是職業，想從事任何職業都沒問題。

我認為所謂的夢想，是從事某個職業之後的事。

「我要當醫生，希望拯救很多人的生命」才是夢想，如果只是「我想當醫生」，那就代表沒有夢想。

我曾經看到一塊繪馬上用像是小孩子寫的字寫著「我想當公務員，領穩定的薪水，過穩定的人生」，令我大吃一驚。小孩子的夢想竟然是領穩定薪水，過穩定的生活嗎？那個小孩子心目中的「穩定人生」能夠靠金錢和社會福利實現嗎？從繪馬的內容，完全看不出他當上公務員之後，想要如何過日子。

我會好好教導兒子，避免他長大之後，在繪馬上寫自己想從事的職業。

我會告訴他——

「把職業當作夢想，並沒有太大的意義。」

「金錢和工作是實現夢想的工具。」

為了擁有金錢和工作這兩大工具，需要學歷和職業，僅此而已。

在我讀小學時，學校的老師問「你將來的夢想是什麼？」時，我回答說「我想得到幸福」。

但是，大人似乎覺得這個回答很奇妙，老師露出了驚訝的表情，擔心「這個學生是不是有什麼嚴重的問題？」。

只要大人露出奇怪的表情，我就會手足無措。因為我是年頭生的，比其他同學小，成長相對緩慢，運動和讀書都不太行，缺乏自我肯定，一旦遭到大人否定，馬上就失去自信。

「一定是我錯了，一定哪裡有問題。」

我這麼想，然後觀察周圍，發現同學都用職業回答了「夢想」的問題。於是我也就跟著大家回答職業，隱藏了「想得到幸福」這個真正的夢想。

但是，我現在成為大人後，覺得明明是其他人的回答有問題。

我希望兒子明確瞭解夢想、工作和金錢之間的關係，不會因為「大家都這麼寫」，就告訴他職業＝夢想，讓他變成一個無趣的大人。

如果兒子說
「我不知道自己想做什麼」，
我想告訴他
「不要光是想，實際做看看」。

開拓世界，開拓視野

我的人生過得很隨心所欲。

所以我希望兒子也能夠隨心所欲過日子。

不必做自己不想做的事，也可以逃避討厭的事。

為此就必須做自己想做的事和喜歡的事。

我不想威脅心愛的兒子說：「如果你找不到自己喜歡的、想要做的事，就必須做自己討厭的事、不想做的事。」

因為，如果找不到「喜歡的、想要做的事」，也不知道什麼是自己「討厭的、不想做的事」。

一個是光，另一個是影子。

不想讓影子出現，就必須用光照亮。每個人「喜歡的、想要做的事都不一樣」，我完全不打算對兒子建議「我覺得你做這個比較好」，那是只有他自己知道的事，父母根本不可能告訴他，只能讓他自己去發現。

我目前雖然是攝影師，但並不是一開始就想當攝影師。

我在高中畢業後才開始拍照。那時候父親罹癌去世，留下的遺物中有一台相機，於是我就開始拍照。父親生前做機械維修工作，興趣是爬雪山拍照，他都使用這台單眼底片相機。

那時候，我雖然喜歡看書、看電影和思考，但幾乎不全主動想做什麼事，很缺乏行動力，所以正想培養興趣愛好。

貓。大海。天空。我拍了許多現在根本不好意思看，簡直可說是慘不忍睹的照片，但是，當時覺得自己「拍得很不錯」，而且愛上了攝影，覺得如果能夠靠自己喜歡的事賺錢，不知道該有多好。

我從十幾歲到二十幾歲期間一直很無知，不知道如何將「想要幸福」這個夢想和攝影結合。

但是，攝影的確開拓了我的世界。

比方說，我很想知道「離島的生活是怎麼回事？」於是就前往陌生的地方。一旦前往，就可以得到相關知識。弄明白自己想知道的事情是個樂趣無窮的過程，而相機則是能夠記錄知識的絕佳工具。

如果我沒有想要拍照，就不會開著破車在日本各地旅行，也不會拓展自己的行動範圍，更不可能見識到很多事，認識很多人，瞭解很多知識，開拓自己的世界。

我認為是在開拓自己世界的同時，實際嘗試了攝影這件「好像喜歡的事」，而且真的愛上之後，才瞭解自己喜歡什麼事，討厭什麼事。

如果兒子長大後對我說「我不知道自己想做什麼」，我想告訴他「不要光是想，實際做看看」。實際嘗試之後，如果發現自己並不喜歡，再去嘗試其他事。如果還是不喜歡，就再嘗試其他事，遲早會找到絞盡腦汁也想不出的答案。

攝影對我而言，只是一種工具，我無意推薦給兒子。

但是，身為父親，我希望能夠帶給兒子寬廣的世界觀和價值觀。

我希望讓兒子見識很多。

我希望他瞭解，這個世界上有許多不同的職業，有各種不同的工作。

我的母親是護理師，父母都有工作，但並沒有帶給我寬廣的世界觀和價值觀。並不是我的父母特別差勁，而是在昭和年代的價值觀中，這是理所當然的事。

我和父母相差三十歲左右，和父母屬於不同世代的人，所以我想用和父母不同的方式，為兒子做力所能及的事。雖然必須由兒子自己選擇成為實現夢想有效工具的工作，但父母可以協助他增加不同的選項。

這個世界上雖然有各種不同的職業，但因為在年輕時無法接觸這些工作，所以通常會從「知道的工作」中，挑選「感覺自己能夠勝任的工作」。

我有很多從事不同工作的朋友和熟人，如果時間來得及，我希望安排兒子和他們見面。當夢想不同時，有些工作方式可以更快實現夢想，有些工作方式可能需要花更長時間。上班族和自由業的利弊各不相同，聽上班族和自由業者說明自己的工作情況，更能夠充分瞭解第一手資料。

我必須開拓自己的世界，和更多人接觸，才能教兒子更多事。職業終究只是職業，只是工具而已。

我相信日本人的工作方式會在日後逐漸改變，兒子和我也相差大約三十歲，屬於不同世代的人，他的價值觀也會和我不一樣。在兒子長大成人時，甚至不知道人類是否還在工作。

正因為如此，比起為工作而生，我更希望他擁有自己的夢想。

無論是自己再喜歡的事，
也不要把自己所有的一切都投入工作。

喜歡的工作常見的陷阱

即使從事喜歡的工作，也不等於實現了夢想。

如果認為自己的工作是做喜歡的事，這樣就代表成功，那就大錯特錯了。

我希望兒子知道，那只是起點而已，而且其中也隱藏了危險。這是他的父母——我和我太太切身體會到的一件事。

我把攝影這個「自己喜歡，而且也很想做的事」作為自己的工作，成為了攝影師。我太太也把教育幼兒這個「自己喜歡，而且想做的事」作為自己的工作，成為幼兒園的老師。

媒體經常報導幼兒教育第一線人手不足和待遇不佳的問題，我太太簡直就是樣本。每天的工作負擔很大，早出晚歸還要加班，薪水卻低得驚人。

即使下班回到家，也要繼續加班，像是為七夕或是聖誕節的活動做道具，或是處理寫聯絡簿等事務工作。因為上班時間都要處理幼兒跌倒、哭鬧或是尿在褲子上這種事，根本沒時間處理這些工作。

最令我驚訝的是，在暑假時要寫暑期問候卡，年底時要寫賀年卡給所有學生。因為「想要有誠心」，所以她放棄睡眠時間，拚命寫這些卡片。如果她樂在其中也就罷了，但她是基於「我必須這麼做」的義務感寫這些卡片。

「賀年卡是寫給無法見面的人，幼兒園開學之後，你不是可以馬上見到這些學生嗎？而且他們又不識字，如果目的只是為了寄賀年卡，根本沒有意義。」

雖然我好幾次這麼勸她，但她還是照寫不誤。目前她請了育嬰假，暫時離開了工作崗位，忍不住納悶地說：「我之前為什麼那麼賣命工作？」

如果工作是自己喜歡的事，一旦埋頭於工作，就會讓工作佔據所有的生活。

我也一樣，在當攝影師的助理時，所有的時間都投入繁重的工作之中。雖然是因為喜歡，才有辦法堅持下來，但回首往事，覺得應該有更高效率的工作方式。

許多做事認真的人，即使遇到黑心企業，以「有意義」為名的剝削、徒勞無用的事，也會投入自己的時間和精力努力完成。即使面對自己並不喜歡的工作也是如此，如果是喜歡而又想做的工作，更會完全投入。

一旦完全投入，就會看不清楚周圍的事。即使旁人提出忠告「你目前的待遇根本就是黑心企業，還是趁早離職」，也完全不會想到要逃離。

但是，時間和健康都是有限的資產。

無論是自己再喜歡的事，也不要把自己所有的一切都投入工作。

我希望兒子不要被「自己喜歡，而且也想做的事」迷惑。

我希望他即使從事「喜歡的工作」，也要冷靜判斷到底是怎麼回事，以及該如何工作。

為五斗米折腰的工作
不需要投入太多時間，
目的只是為了賺取「必要的錢」。

為五斗米折腰的工作和金錢

日本人常說，工作有兩種，一種是為了五斗米折腰的「餬口工作（rice work）」，另一種是和金錢無關，希望可以做一輩子的「志業（lifework）」。

我剛好兩者都是自己喜歡的攝影，真的只是剛好而已。

我當然認為既然非做不好，比起心不甘情不願地做自己不喜歡的事，當然是做喜歡的工作更理想，只是不必非要讓餬口工作和志業一致。

因為我向來認為「工作（餬口的工作）只要能賺錢就好」。

比方說，攝影工作可以賺到一萬圓，修路也可以賺到一萬圓，兩張一萬圓完全相同。無論從事任何工作，賺到的一萬圓價值相同，從這個意義上來說，職業不分優劣貴賤，但這個世界上有許多蠢人用職業為人排名，在我兒子長大時，這種排名應該仍然存在，所以我想告訴兒子——

「比較什麼工作光鮮亮麗，什麼工作抬不起頭根本沒有意義。」

重要的是，藉由工作這個工具學習和累積經驗，同時思考這個工具是否有助於自己實現夢想。

和金錢有關的工作（餬口工作）這種工具或許對實現夢想沒有幫助；有時候靠和金錢無關的工作（志業）這種工具就可以實現夢想。

如果我兒子的用來餬口的工作和志業不同，我希望他能夠盡可能高效率地靠餬口工作賺錢，希望他動動腦筋，不需要花太多時間，就賺取必要的金錢，如果為了餬口的工作而失去和家人共度的時間，或是沒有時間投入志業，未免太悲哀了。

這也是我從失敗中學到的事。

雖然攝影是我喜歡的事，但「喜歡」有不同的層次。

拍自己想拍的照片時就是志業，但並不是所有的工作都這麼理想。比方說，為我不感興趣的藝人拍照時，就變成了餬口工作。年輕時當攝影助理的那段日子，有些工作有收穫，有些工作並沒有幫助。

我是自由攝影師，只要多接案子，就可以多賺錢，但時間也會在工作中消失。當我發現為了賺錢而失去了自己的時間，自己的精神狀態處於崩潰邊緣，和妻子的關係也開始出問題時，我終於意識到，「不能為了賺錢變成這樣」。

之後我就告訴自己，工作不要太努力。

我不再把自己的行程排滿，要求自己「多賺點，再多賺點」。

錢只要夠用就好。沒錢當然萬萬不能，但不需要拚命賺越多越好。

從事餬口的工作時，要注意時間和金錢之間的平衡。

設定目標，
藉由適當的努力達到目標，
這是具體邁向夢想的基本。

必不可少的事和障礙

從事餬口工作的目的是為了賺錢，無論在便利超商打工或是做其他工作都無妨。

但是，如果要「不花費太多時間，有效率地賺錢」，領時薪的工作就很難做到這一點。

夢想當歌手，「在便利超商打工的同時，可以在街頭唱歌」，是將志業和餬口工作區分的做法，只不過餬口工作的賺錢效率太差了。與其這樣，也許進入公司當正職員工，準時下班後去唱歌的做法更聰明。

雖然這種事沒有正確答案，但我希望兒子在擁有夢想的同時，能夠面對現實，具體思考問題，希望他在充分思考後做出選擇。

以我個人為例，我是靠自由攝影師和當攝影助理的餬口工作賺錢，同時身為攝影師，拍自己作品，投入自己的志業。

幸好我遇到了出色的老師，沒有做太多打雜的工作。

在接受老師適當的指導後，我也付出適當的努力。只要重複這個過程，讓技術提升，就可以有效運用自己的能力，不需要再打雜。我相信所有的工作都是如此。

但攝影助理的工作很繁重，也很有壓力，我藉由拍攝成為自己志業的照片，消化這些鬱悶的情緒。

即使為了金錢，不得不做自己並不喜歡的工作（餬口工作），只要同時做無法賺錢，但自己喜歡的工作（志業），就不會沮喪墮落。

相反地，如果太投入餬口工作，就會忘記自己的志業。當身心和時間都投入眼前的工作，就會覺得「現在不是談論夢想的時候」，所以適度的壓力可以成為避免被現實淹沒的調味劑。

我希望有朝一日，能夠以志業為中心，實現「幸福」的夢想。

什麼是實現夢想「必不可少的事」？

目前有什麼「障礙」，讓夢想還無法實現呢？

想要實現夢想，或是完成目標時，要明確瞭解「必不可少的事」和「障礙」這兩件事，然後具體加以解決。

比方說，如果人脈必不可少，那就去建立人脈。如果錢的問題是障礙，就先去賺錢。

雖然人們常說，「因為沒錢，所以無法做到」，但其實籌錢的問題最簡單，真正的問題是無法用錢解決的問題。

對當年的我來說，最大的障礙就是即使拍了作品，也無處發表，無法讓許多人看到我的作品。這是無法用金錢解決的問題，只能靠自己努力。

於是我就投稿參加了許多被稱為「攝影師登龍門」的攝影比賽。

即使沒有得獎，我仍然繼續參加。雖然很多人對我說「你不可能得獎」，但我仍然持續拍作品，持續投稿參加。

Nikon攝影獎每個月都會舉辦，每個月都會收到幾百張照片投稿參加，但只有前兩名能夠得獎，第三名就無緣入榜。

也許自己是第三名，如果是不同的月分，前兩名剛好從缺，我就可以得獎了。

也許Nikon的攝影獎無法得獎，但Canon攝影獎或許可以中選。

因為也會受到評審喜好的影響，不同的評審，或許就可以得獎，而且這種事也要靠一點運氣。

總之，如果一次沒有得獎就氣餒，永遠都無法把握運氣。

我沒有得獎。一次又一次擦身而過，但我沒有氣餒。

避免自己氣餒的方法，就是無論別人再怎麼說「你不可能得獎」，都要持續相信自己的作品。

但得知自己一再無緣得獎，內心仍然會不平靜，於是就會在稍微冷靜後，思考

「為什麼他覺得我不可能得獎？」。然後就發現，他們都沒有得過這些獎。他們中途就一蹶不振，進而放棄，所以對年輕人說「反正不可能得獎」，壯大魯蛇的隊伍，想要藉此肯定「不成功的自己」。

不需要和這種人為伍，我也不想和他們為伍。

在自己認真思考，得出這樣的結論之後，我終於擺脫了「不可能」這句話。

當我多次挑戰，最後終於獲得Nikon攝影獎後，《日本攝影》這本雜誌刊登了我的作品，《文春周刊》的編輯看了照片後，寫了一篇報導，之後《朝日新聞》，和在攝影界很有名的《廣告攝影》等多家媒體都在短時間內接連報導。

雖然我終於如願以償，躍入龍門，但人生並沒有改變。

但是，我的想法改變了。我設定目標，並在適當的努力後達到目標，這個經驗讓我瞭解具體實現夢想的基本，也因此產生了自信。

「只要努力，夢想就可以實現」是謊言。有時候需要運氣，光靠努力無法完成。如果屢試屢敗，就必須在適當的時間點放棄。

即使如此，我希望我兒子不要在挑戰之前就放棄。

每次聽到別人說「我想做這件事」時，我都會回答「嗯，你一定可以做到」。因為我希望能夠助對方一臂之力，不讓對方被人毫無根據地斷定「不可能」而喪失鬥志。既然都沒有根據，與其讓人放棄，還不如讓人產生自信。要隨時微笑面對自己的夢想。

無論是草食系還是肉食系，
都不能被吃掉。

無知是一種罪過

不久之前，我在攝影時遇到了一個想當攝影師的男生。

聽了他的情況之後，我驚訝地發現，雖然他才二十三歲，但債務高達一千萬圓。他說是為了歸還就學貸款和生活費，結果小額貸款的金額持續增加。

他的家境清寒，靠助學貸款讀完了大學的攝影系，但因為錢不夠，中間還休學一年去打工賺錢。

「你打什麼工？」我問他，他的答案讓我再次感到驚訝。

他以時薪九百圓在一家拉麵店打工，而且一天要工作十二小時，拉麵店並沒有支付加班的薪水。對一個欠債的人來說，這樣的打工賺錢效率太差了，而且也被店家利用了。他只是基於「找這種工作很容易」，選擇了這份打工的工作，配合店家的規定，認為「這是理所當然的事」，就一直在那裡打工。

他的情況很複雜，不僅無法從父母那裡得到充分的愛，還帶給他不少麻煩。他在學生時代也曾經遭到霸凌。

太可惜了。我忍不住這麼想。因為他的能力很強，如果能夠像我遇到一位好老師一樣重新指導他，他的成長應該很驚人。

雖然這麼說有點殘酷，但恐怕很難做到。因為他已經變成一個很討人厭的傢伙，討厭鬼的周圍只會吸引討厭鬼。

而且，他內心的扭曲也表現在他的照片上。

照片會呈現拍攝者的人品。每個人都可以拍照，也可以學習拍照的技術，因此，作品的好壞取決於拍攝者的人品。

我相信並非只有照片有這種情況。

某位書法家曾經說：「書法可以看出一個人的人品。」寫文章或是做菜應該也一樣，人在輸出某些東西時，會反映這個人的人品。

所以，我不奢望兒子能夠成為能力很強，而且很聰明的人，我只希望他是一個好人。

二十三歲就欠下一千萬圓債務的那個年輕人對社會充滿了不滿和仇恨，所以無法成為一個好人。雖然他的身世很可憐，但我並不認為他百分之百沒有過錯。

無論生長在多麼惡劣的環境，只要有知識和智慧，用自己的腦袋思考，一定可以為自己找出一條生路。

不，越是生長在惡劣的環境，就更應該累積知識和智慧，用自己的腦袋思考，靠自己奮鬥出一條路，否則就會被這個社會吞噬。

現代人經常把人分為草食系或是肉食系。

自己不需要吃掉別人，但也不能被別人啃得只剩下骨頭，更不能成為被草食性動物吃的草那樣的人物。

年輕人一旦踏上社會，就會有很多人虎視眈眈地想要利用，我希望兒子知道保護自己的手段。因為他沒有我這個父親陪伴在身邊，所以必須比其他人更堅強。

我希望他具備知識。

希望他能夠獨立思考。

如今可以輕易獲得各方面的資訊，無論生長在怎樣的家庭環境，只要生活在日本，就可以獲得各種知識，我甚至認為，無知是一種罪過。

「年輕時要把吃苦當吃補」
是那些造成別人辛苦的大人
所想出來的口號。

十八歲時的一百萬

我決定在兒子十八歲時給他一百萬圓。

雖然並不是拘泥於一百萬這個數字，而是推測當時的物價，一次給他這筆相當於三十多歲公務員三個月薪水的金額，讓他在暑假等一定期間內自由使用。

年輕時有錢有閒，就會想去做點什麼，自然也就容易找到自己想做的事。在兒子出生後，我就開始存這筆錢。

雖然他可以隨意使用這一百萬，但我從旅途中受益匪淺，所以希望他可以用來旅行，但並不是揪一堆朋友去夏威夷，或是參加旅行團，跟著導遊，坐遊覽車去歐洲各個觀光景點，絕對要一個人去旅行。

機票、住宿都自己搞定，做一些蠢事，然後自己解決接連發生的各種問題，一定可以成為很好的經驗。

如果住在日本，只看到日本，價值觀就會侷限於日本。去不同的國家走走看看，一旦瞭解世界很大，就會知道自己的小煩惱根本微不足道。

即使不出國也沒問題，在日本國內，也有不是觀光景點的離島等這些超乎想像的地方。

如果是我，就會揹著背包去南極露營，在手機收不到訊號的地方享受孤獨。我喜歡孤獨，但也喜歡和各種不同的人交流，所以去了南極之後，還想去其他國家。

在採取各種行動，累積許多經驗後，一個人的價值觀也會漸漸變得開闊。

雖然看電影、看漫畫或書，或是玩手遊也是行動，但旅行或是戀愛才是可以稱為經驗的大事。

即使有一億圓，也未必能夠搞定戀愛的事，但也有很多經驗有錢就能搞定，所以身為父親，我想在這個部分援助他。因為如果靠他自己打工存到足夠的錢再採取行動，效率未免太差了，所以我打算給他一百萬。

越是年輕時的經驗，越能夠對往後的人生產生很大的影響力，因為青春很短。

我談論這些事，也許會有人誤以為我在經濟富裕的家庭長大。

現實剛好相反，我在讀高中時，為了賺一點小錢，整個暑假都在打工，而且工作很無聊。當時的經驗完全沒有開拓我的價值觀，既然在我的人生中已經瞭解到這是一件「很沒有效率的事」，我的兒子就不必再重蹈覆轍。

比起十幾歲時用整個暑假賺十萬圓，還不如拿著父母給的一百萬去體會各種經驗，無論時間和金錢都更有意義。

等到兒子四十歲時，即使給他一百萬，他用來貼補生活費，再稍微奢侈一下就花完了，但十八歲時，這筆錢可以發揮好幾百倍的價值。

四十歲的一個月和十八歲的一個月，當然是十八歲時的一個月更有價值。

「趁年輕時可以做很多事」這句話完全正確。年輕時，即使犯了各種錯，別人也比較容易原諒，等到成為大人之後，時間就越來越少了。

然而，我以前以為體力和健康會永遠持續，因為不知道體力和健康有朝一日會離我而去，所以把寶貴的年輕時代浪費在打工到深夜這種無聊的事上。

我希望告訴兒子，千萬不要把年輕時的寶貴時間浪費在打工這種事上，只有瞭解青春有限，時間和年輕才有價值。

末期癌症的人經常說，「如果我還可以多活一年，我就想做什麼什麼」，然後說各種想做的事。如果真的只剩下一年的生命，身體一定會很虛弱，根本無法自由活動，而且周圍的人一定會規勸「要好好接受治療，努力多活一天」，試圖把病人綁在床上。

所以，我希望可以一次又一次告訴兒子。

有什麼想做的事，要趁有能力的時候趕快去做。

無論在任何情況下，都要趕快去做想做的事。

經常有人說，「年輕時要把吃苦當吃補」，我認為這是那些造成別人辛苦的大人所想出來的口號。

辛苦是負債，為什麼要在年輕時主動去吃苦？

如果有人要我兒子把吃苦當吃補，我會給兒子一筆錢，讓他累積各種經驗，然後經歷很多次失敗。我給了他一百萬之後，無論發生任何事，我都不會插手，也不會干涉，希望他能夠靠自己解決失敗。

當他在年輕時瞭解「即使失敗，也可以挽回，也可以獲得原諒」，長大之後，就不會害怕挑戰。

相反地，如果只是要年輕人吃苦，卻沒有讓他們累積經驗，當他們犯錯時也不原諒，這種年輕人長大之後，就會變得畏首畏尾。

我相信比起在暑假打工時犯的小錯，能夠自由運用金錢和時間，獨立行動時犯下的大錯，能夠讓我兒子更加堅強。

讓孩子瞭解金錢是父母的責任。

金錢的教育

我在生病之後想到的第一件事，就是「我必須留點錢給孩子」。但這個念頭一閃而過，隨即覺得「即使留錢給他也無濟於事」。遇到飢餓的人，與其送他一條魚，還不如教他如何釣魚。與其留錢給兒子，不如教他如何賺錢。

我希望兒子不要被金錢束縛，不要為錢工作，不要把金錢當作夢想和目標。為此，就需要有一點錢。

如果快餓死了，滿腦子都會想著吃東西，無法思考其他事。金錢也一樣，如果太窮，就滿腦子只想著錢，無法考慮其他事。即使沒有窮到家貧如洗的程度，如果長時間被工作束縛，只為了賺一點小錢，就會消耗大量時間和體力，也會無法考慮其他事。這種工作大部分只是簡單的作業，無法成為實現夢想的工具，也無法提升能力。

如果每天工作到精疲力盡，回到家就只能打手機遊戲，根本無法吸收或輸出任何東西，於是就會忘記自己的志業。

用這種方式運用時間不可能幸福，但悲哀的是，當事人往往認為是「因為沒有錢，所以無法幸福」，造成惡性循環。

我的一位朋友靠買賣股票成為億萬富翁，他說「金錢無法帶來幸福」。

我也同意這句話，但有了金錢和時間，就可以增加很多選項。

比方說，如果不缺錢，就可以決定「雖然酬勞很低，但這個工作很有意義，所以就接吧」。只要不被金錢所困，自由度就會增加。

我從二十三歲開始在攝影界工作，很快就發現「錢很重要」，但工作的酬勞並不高，沒辦法輕易賺到錢。

自由業和上班族不同，只要接很多工作，就可以多賺錢，但我不喜歡沒日沒夜工作，也不喜歡忙到沒時間休假。因為我當時開始了另一項志業——打獵。我希望在經濟上有餘裕，讓我在狩獵季節的三個月不用工作，完全沒有收入也沒問題。於是，我開始做投資，起初用餬口工作賺到的一小筆錢作為本金開始投資股票，做外匯。

剛好在那個時候，認識了這位股票高手的億萬富翁，他告訴我「最好靠錢賺錢」。於是我完全改變了意識，包括壽險在內，全都視為投資，也花時間鑽研，懂得妥善運用金錢。

人生在世，絕對不可以沒錢，但學校不教錢的事。

所以我認為讓孩子瞭解金錢是父母的責任。

我雖然對金錢並不執著，但錢如果不用，或是拿來做投資，就沒有意義。在目前的低利率時代，在幾乎沒有利息的情況下把錢放在銀行，或是存錢沒有目的，只是拚命存錢，都對人生沒有幫助。

我太太也不愛錢，她的家境比較好，在剛結婚時，甚至不知道要怎麼用自動提款機。現在當然會使用，但在她的觀念中，「有一筆錢就去存定存，定存就是不會動用的錢」，完全不懂得理財。

所以我希望趁早教兒子理財。雖然我不知道還能活幾年，但等到兒子會說話的年紀，在他上幼兒園時，我就想教他關於錢的事。

首先，零用錢會採取「零用錢＋跑腿費」的方式。假設每個月固定給他五百圓，如果他幫忙做什麼事，就會給他一百圓跑腿費，以論件計酬的方式增加他的零用錢。他幫忙做越多事，就可以賺更多跑腿費，藉此讓他學習社會的架構。他用零用錢買東西時，也希望他能夠思考「是不是可以成為投資」。

比方說，在參加婚禮時，我都會在新人回禮的型錄中挑選原子筆。雖然禮物型錄上也有皮夾之類的東西，但型錄上的商品價格大約都在三千圓左右，三千圓的皮夾不可能用太久，但三千圓的原子筆就算是滿高級的筆，也可以送給別人當作禮物。這雖然是小事，但等到兒子到了可以交談的年紀，我也會逐漸教他這些事。這個世界上有廉價的三千圓，和高級的三千圓。

等到他上了小學高年級，過年時拿到的壓歲錢有一定的金額時，我不會要求他把錢交給大人存起來，而是希望教他投資。我會和他一起看電視，告訴他：「今天因為發生了這樣的事件。所以一美元可以換〇〇日圓。你覺得今天的日經指數為什麼會上漲？」如此一來，就能夠讓他瞭解到，自己的壓歲錢和世界局勢脈動有關。

如果兒子思考後表達了自己的想法，我會代替他買賣股票和外匯。

即使把十萬圓的壓歲錢存進銀行，也只有一圓的利息，但如果投資股票，可能會變成二十萬，一旦失敗，就可能只剩下一百圓，我希望他體會這件事。

等到他上了中學後，可以根據他自己的判斷，將每個月零用錢中的一部分用於投資。現在已經有針對未成年者的非課稅投資制度「未成年NISA」，等到兒子長大時，也許會有更多類似的制度，讓兒童更親近投資。

投資可以帶來收益，但用金錢入門，瞭解原本不瞭解的事是一件有趣的事。我希望兒子也能夠瞭解這種樂趣。

我認為用「沒有錢」
作為做不到某件事的藉口太弱了。

應。

錢是信用

當我說兒子十八歲時，我要給他一百萬圓，或是教他投資時，會遇到這樣的反應。

「單親媽媽不可能有能力給孩子一百萬。」

「育幼院的小孩子怎麼可能學投資？」

這的確不是一件容易的事，即使父母都健在，而且是雙薪家庭，也有些家庭生活並不富裕。我之所以能夠拿一百萬給兒子，是因為很早就為了這個目的開始存錢，而且在結婚時，和太太一起買了投資型保單。

總而言之，壽險這種東西，如果活得久，就賺不了什麼錢；如果早死，就是很有效率的投資。姑且不論是幸運還是不幸，我的壽險是很不錯的投資。

先不說這些，我認為用「沒有錢」作為做不到某件事的藉口太弱了。

賺錢很辛苦，但在當今的世界，募集資金是一件簡單的事。

我在前面曾經提到，我曾經和攝影師齋藤陽道一起去神戶探視一名罹患心臟病的男孩。起初我不知道，和我們同行的一個人原本想要透過群募的方式募集交通費。

因為我們一行有四個人，所以募資目標是八萬圓。因為只是幾個大人要去神戶，所以遲遲募不到目標金額。於是他就拜託我：「幡野先生，可不可以請你在社群網站上呼籲一下？」於是我就寫了一篇文章，介紹了那個生病男孩的事，以及我們想要去那裡做的事，「請大家伸出援手」。

結果一下子就募集到三十萬圓，因為超過上限額度，就無法繼續匯款，有許多人留言要求「請告訴我們帳號」。我猜想是因為這些網友相信我不會把錢拿去亂用。

搞笑組合KING KONG的成員之一，也是繪本作家的西野亮廣告訴我：「有信用，就可以募集到資金」，我深刻體會到這句話完全正確。

「我雖然沒有錢，但我想做這件事。」

只要在群募平台上募資，就可以募集到資金，連小孩子都可以做到。

只要有信用，就可以。信用卡（credit card）的credit就是「信用」的意思，申請房貸也需要有信用，才能借到錢。

如果為了錢不擇手段，就無法建立信用。

所以我希望兒子成為一個有信用的人。

為此，就不能說謊。除了當然不能有詐欺行為，不說違心的話也很重要。

同時，還必須是一個誠實溫柔的人。

每個人只能在上天安排的環境中生存，家境清寒也是上天安排的環境，但我認為只要具備自行思考的能力，就可以突破生長的環境。

我不希望兒子產生「因為沒有錢，所以我無法做〇〇」的想法。

也不希望他會有「因為我沒有爸爸，所以無法〇〇」的想法。

我希望他培養「即使沒有錢，即使沒有爸爸，我也可以做〇〇」的想法。

希望兒子也能夠學會

「選擇自己喜愛的事」。

工作＝自己的等式不成立

罹癌之後，我瞭解到一件事，「工作很快就會離你而去」。

我在住院期間，以及在出院後的採訪中，看過好幾個人因為罹患癌症失去了工作。

有人在得知罹患癌症之後，公司就要求他「希望你退休」。這位病友已經年近七十，但他一路走來，都是以工作為重，所以為此感到痛苦。

那個年代的人，都是把工作放在首位，完全不顧家庭，早就離了婚，所以也沒有家人可以幫助他。之前他都住在公司宿舍，他嘆著氣說：「接下來要花錢治療，下個月開始還要付房租。」

我也不例外，在生病之後，幾乎接不到任何餬口的工作。

攝影工作需要體力，而且病人需要照顧，比起罹癌的攝影師，任何人都想和身體健康，體力旺盛的攝影師合作。

也不能把興趣和志業當成自己的一切。

除了攝影以外，打獵也是我的志業，但我無法融入那些「打獵是人生的一切」的人。

如果只有一個興趣愛好，就會把這個唯一的興趣視為自己的一切，為了保護自己的認同，就會攻擊別人，扯別人的後腿，於是就會用態度來顯示自己的優勢，貶低別人「你對打獵懂什麼？我比你厲害多了」。

攝影界也有這種情況，我實在難以苟同。

無論是攝影還是打獵，如果視之為自己所有的一切，日子就會很不好過。

所以我希望兒子不要被工作或是興趣愛好束縛。

我的興趣很廣泛，但對每一種興趣不會太深入，這樣或許有點喜新厭舊，但我覺得這樣剛剛好，所以希望兒子也能和我一樣。

雖然我寫了很多關於夢想、工作和金錢的問題，但最終由我兒子選擇，而不是我。

但是，我有責任告訴他，有許多不同的選項。

在攝影這個行業中，有些人「因為父親是攝影師，所以也就跟著踏入這一行」的二代攝影師，但我完全不希望兒子和我從事相同的工作。

「我是因為喜歡攝影，所以做了攝影的工作，小優，你也可以做自己喜歡的工作。」

我希望兒子也能夠學會「選擇自己喜愛的事」。

工作終究只是工作，「工作＝自己」的等式並不成立，工作只是實現夢想的工具。

到頭來，當失去一切時，或許只有家人留在身邊。

我想告訴兒子，與其把工作視為自己的一切，還不如把家人放在首位。因為無論有沒有工作，無論是生病還是健康，家人都不會改變。

4

關於生死，我希望有朝一日對兒子說的話

我希望兒子培養思考能力，
找到自己的答案。

生病是鏡子

我父親罹癌過世，所以我覺得自己遲早也會罹癌，只是沒想到三十四歲就得了癌症。

轉移的惡性腫瘤溶化脊椎，壓迫神經，下半身會有輕微的麻痺。那種劇痛讓我曾經想尋短，有很長一段時間夜不成眠，也無法躺下來，無法保持平常心。

因為全身都很不舒服，所以去超市時，就把車子停在身障者專用車位。我雖然可以開車，但走路時必須用拐杖。

我的外表看起來很健康，而且年紀也很輕，旁人恐怕很難瞭解我罹患癌症，只剩下三年的生命，而且忍著劇痛。那些認為只有他們刻板印象中的身障者，或是走路蹣跚的老人才能停身障車位的人就會瞪我，覺得我是「佔用身障者專用車位的健康人！」。

有一次，身障者專用車位放了一個交通錐。

我猜想是有正義感的人把交通錐放在那裡，避免不守規矩的健康人士把車子停在那裡。但這個舉動是為了排除極其「小部分」不守規矩的人，讓「所有」使用身障者專用車位的人都很不方便。超市人員這種工作態度完全缺乏想像力，善意和正義感造成了他人的困擾，簡直就是有正義感的笨蛋。

我只能把車子停在停車場的正中央，下了車，拄著拐杖移開交通錐，然後把車子停在身障者專用車位。幸好我還有體力做這些事，如果我的身體狀況更差怎麼辦？或是遇到坐輪椅的身障者和虛弱的老人呢？我們往往無法看到別人身體或是心靈的痛楚，所以很容易缺乏溫柔，所以我更希望兒子可以成為一個溫柔的人，能夠瞭解別人的需求。

我之前就認為這個世界充滿不合理，在生病之後，更加充分體會到這件事。疾病是反映出各種問題的鏡子。

在我公開自己罹癌之後，看到了很多人的內心。

有人說一些比拆速食包咖哩更輕鬆的建議，用「溫柔的虐待」折磨我，也有人表達言不由衷的同情。當然也有人提供有益的資訊，或是告訴我一些有用的趣事，鼓勵我面對新的挑戰。

疾病也可以像鏡子一樣，照出自己到底是怎樣的人。面對死亡的態度，可以充分瞭解到自己是怎樣的人。我重新確認了想要追求幸福的夢想，也更深入地思考了原本就有興趣的生死問題。

生是什麼？死又是什麼？

由於受到了媒體的關注，經常有機會見到宗教人士和醫生。我藉由服藥止痛後，積極和他們見面，聽取他們的意見。

無論是生還是死，我都不瞭解，所以很希望有機會深入瞭解。

醫院的主治醫師會強烈意識到自己必須發揮「治療病患」的作用，和「希望維護醫院的評價」，所以主治醫師很難對病人說真心話，我常去的身心診所，醫生也只是聽我傾訴，但是藉由採訪認識這些沒有利害關係的醫生能夠提供讓我在某種程度上感到滿意的回答。比方說，醫生會在病人面前強調「不可以自殺，不可以安樂死」，但如果以朋友的身分說真心話，情況就會不同。

我雖然不喜歡讀書，但從小就很喜歡探究一些自己不瞭解的事。比起在學校上課，我更喜歡自己看書，聽對某方面有深入瞭解的人說話，深入研究自己的興趣愛好。說起來，有點像是在採訪。

當我比較透過這種方式瞭解的知識後，發現了某些共同點。即使我的問題可能是育兒，或是關於工作方面等不同的問題，也會恍然大悟地發現，「原來只要像這樣消除問題，就可以解決所有的事。」

當持續思考原本不知道答案的事，最後找到答案時，就會感到樂趣無窮。

我或許藉由生病，體會到了自己思考的樂趣。

我希望記錄這個過程中瞭解的生和死，留給我的兒子。

這並不是絕對正確的答案，只是我透過採訪發現的事。

因為我認為人一旦放棄思考就完蛋了，所以我會持續思考到人生最後一刻。當不斷吸收各種不同的事，思考的答案也會改變。有時候看一部電影，就會受到影響，想出新的答案，所以我會持續修正，不斷更新自己的答案，至死方休。

所以這並不是絕對正確的答案。

我希望兒子培養思考能力，找到自己的答案。

思考很重要，思考的方法很簡單。只要用手機，就可以搜尋到很多資訊，首先可以在這些資訊的基礎上思考。在體會各種不同的經驗，傾聽很多人的意見後，再自行思考。即使自己想出了答案，也要深思熟慮後，不斷修正自己的答案。

雖然這樣的思考過程很麻煩，但也樂趣無窮，我認為這就是活著的意義。

我希望兒子有朝一日思考生與死的問題時，我接下來寫的這些內容可以成為他參考的資料之一。

我們的生命建立在
其他生命的基礎上。

生命的經驗

我罹患癌症後，在社群網站上公布這個消息，有人留言說我是自作自受。留言者認為我打獵殺生，吃了這些獵物的肉，所以才會遭到報應罹癌。無論有沒有狩獵，人類的生命都建立在動物的生命基礎上。蔬食主義者吃的蔬菜也是在農田中生長，這些農田都設了陷阱，殺害野生動物。

「只要不殺動物，用電子圍欄或是網子把農田圍起來，就不會殺生了。」「動物之所以會闖入農田，是因為人類搶走了動物居住的地方。」網路上可以看到這種意見，我認為這種人只會出一張嘴，並不會花時間和金錢付諸行動。

住在離動物很近的山區民眾，都會要求驅除和殺害有害的野獸。對農民來說，這攸關他們的生活。

而且人類並不是只靠食物生活，為了物流和便利性，建造了高速公路，也會興建水壩，剝奪動物生活的地方。

這麼一想，就會發現無論書籍還是智慧型手機，都間接建立在生命的基礎上。蔬食主義者和一小部分素食者以為自己不吃魚、肉，就「不殺生也可以生存」，罵那些在超市買肉、吃肉的人是殺人凶手。這根本只是自以為是，缺乏想像力，無法想像肉眼看不到的事，也無法深入思考問題。

如果無論如何都討厭殺生，不如乾脆放棄自己的生命。

我在二十多歲時，對生與死的問題產生了興趣，所以開始狩獵。

剛好在那時獲得「Nikon Juna21」獎的「海上遺跡」，也是我花了五年時間，拍攝被棄置在海上建築物的作品，說起來，就是建築物的死亡。

為了提升拍攝時的專注力，開始射擊運動，也因此有機會接觸到槍枝。

我在射擊方面似乎小有天分，教練建議我：「要不要去參加世界級比賽？」但我很快就開始狩獵。因為我對競賽本身並沒有興趣。

雖然我對生與死有興趣，但突然獨自上山打獵似乎太奇怪了。我也許可以去聽獵人的演講，或是參加「宰殺動物現場吃」的活動，可以用更和平的方式加入，也可以請狩獵高手擔任嚮導，和幾個人一起學習狩獵。

但是，我認為這麼做無法成為自己的經驗。

我想親身體驗宰殺動物，食用動物的肉是怎麼一回事。

我不想假他人之手，而是想體會從頭到尾都自己動手是怎樣的感覺。

因為我認為自己的生命建立在其他動物的生命基礎上。

我希望可以早日告訴兒子，他每天吃的香腸和鴻喜菇是如何出現在他的餐桌上。

我的第一個獵物是兔子。我獨自上山，到第九天都沒有打到任何獵物，在第十天時，我也覺得「反正一定打不到」，沒想到突然竄出一隻灰色的兔子。

當我射中那隻兔子時，我最先想到的是「完了，我打中牠了」。因為我親手殺了兔子這種可愛的動物，所以自己也大吃一驚。

當時完全沒有想到會打到獵物，所以完全沒帶解體的工具和袋子，只能裝在放隨身行李的背包中帶回家。當我把兔子抱在手上時，發現死掉的兔子毛很柔軟，也很溫暖。

但動物死後，渾身會放鬆，身體會變得很長。我把身體變長的兔子硬塞進背包，回到家時，發現僵硬的兔子變成背包的形狀。而且兔子硬得像冷凍鮪魚，我這才知道，死後僵硬真的會變得硬邦邦。所有的一切都是初體驗，讓我驚訝不已。

有了第一次之後，就經常可以打到獵物，也漸漸掌握了該如何靠近動物，如何瞄準，如何開槍的秘訣。

動物並不是中了槍之後就馬上倒地身亡，牠們會發出嘶叫聲，滿地打滾，有時候也會反撲。

有些動物甚至會帶著傷逃一公里左右，獵人必須追著跑，然後再補一槍，過程很殘酷。

即使終於打死了，也不會像電影中演的一樣，死了之後就閉上眼睛。接著，再用刀子剖開動物的身體，在剖開身體時，內臟和鮮血的味道撲鼻而來。用手碰觸熱騰騰的內臟時，內臟還會微微抽搐。狩獵季節在秋冬，熱騰騰的鮮血會冒出熱氣。

這一幕會令人興奮，感覺變得很敏銳，可以清楚看到內臟冒出的熱氣顆粒。

用槍打死動物時，腎上腺素會分泌，有些人會興奮地大叫。

這應該是源自繩文時代的人類本能。建立在生命基礎上的生命，在奪走其他動物生命的瞬間會產生興奮。

這也許是一種「活著的感覺」，但如果不曾親身體驗，恐怕難以體會。

我藉由狩獵得到的是
關於生與死的思考。

「開動了，謝謝款待。」

我從攝影師的角度，持續五年拍攝了狩獵活動。

我用滿是鮮血的雙手拿起相機，按了數千次快門。

回顧這些照片，可以發現第一年的照片帶著迷惘和遲疑，第五年的照片則是變得很敏銳。

狩獵並不是一種充滿樂趣的興趣，費盡辛苦得到的肉也不好吃。

我藉由狩獵得到的是關於生與死的思考和作品。

這個世界上，有些人的精神狀態很不可思議，這些人每天吃肉，卻大肆反對「獵殺動物很殘酷！兔子和鹿太可憐了！」。

蔬食主義者和一部分動物保護人士雖然不至於說我「罹癌是自作自受」，卻大肆抨擊我的狩獵行為。

而且，狩獵也許是不適合女性的主題。

雖然我或多或少有這樣的擔心，但「開動了，謝謝款待。」攝影展展出之後，延長了展期，展出了一個月又八天。即使需要買門票入場，也有兩千兩百一十五人來參觀。

我看了觀眾寫在杯墊上的感想，發現觀眾感受到我想要傳達的事，不由得感到高興。

如今，網路也變成了一個社會，當網路上有激烈攻擊的酸民時，很容易覺得酸民的意見就是一切，但是，有些人完全不在網路上發表任何意見，卻願意親自來到展場，付錢看我的作品，然後留下自己的感想。

我相信那些杯墊也可以成為我兒子的護身符，讓他瞭解到，這就是爸爸做的事，也有人欣賞爸爸做的事。

幾年前，我在山上狩獵時差點遇難。

原因就在於無論經驗、知識和體力都不足。

我原本體力就沒有很好，結果那次體力完全耗盡，太陽也漸漸下山，我著急起來，知道自己必須馬上下山。我一直在想我太太，在心裡向她道歉。

為了減輕身上的負擔，我必須把不必要的東西留在山上。我毫不猶豫地最先丟掉了相機。因為重要的是照片，而不是相機。

在下山途中，我遇到一頭鹿，於是就開槍射擊。那是一頭年輕的公鹿。雖然我根本沒有力氣把鹿肉帶下山，但我還是射殺了牠。我剖開牠的腹部，把肝臟、心臟和背部的肉割了下來，戰戰兢兢地用手掬起鹿血喝了幾口，發現好喝得驚人，也因此激勵了我原本沮喪的心，最後順利下了山。

我至今仍然無法忘記，當時我毫不猶豫地丟掉了相機，以及當時那頭鹿的生命。

被診斷為癌症，我想要自殺時，我覺得必須最先處理獵槍。因為當時曾經救我一命的獵槍，如今已經用不到了。

我處理了獵槍，也不再狩獵，為兒子拍照的相機變成幫助我思考的利器。

人們常說和疾病奮鬥，
但癌症病患並不只是要和癌細胞奮鬥。

和癌症病患的相處方式

在得知自己罹癌的十一月，我閃過了自殺的念頭。

渾身劇痛，以前睡覺、躺下和抬腿這些理所當然可以做的事，竟然都做不到了，身體不聽使喚，感覺自己好像突然老了。

十二月底，我在部落格公開自己罹癌的消息後，又為「溫柔的虐待」苦惱。各種以替代治療為名的民間療法、飲食療法和宗教團體的勸誘紛至沓來。

我在前面寫道：「看到『只要買這個花瓶，癌症就可以不藥而癒』的留言時，我笑得幾乎可以在腹部練出六塊肌了。」

這不是我在逞強，也不是開玩笑，而是真有其事，「為了你的孩子和你太太，請你務必試試這種療法。你放心，絕對可以治好」這種留言雖然明顯就是騙人，但我曾經一度心動。在我內心脆弱時，差一點中了這種溫柔虐待的圈套。

好幾年沒有聯絡的人打電話來慰問我，說了幾句了無新意的鼓勵之後，就開始滔滔不絕地說自己的事。

我向來認為，凡事都要親身體驗才會瞭解，我在罹癌之後，才瞭解到癌症病人會受到癌症以外其他事的折磨。

人們常說和疾病奮鬥，但癌症病患並不只是要和癌細胞奮鬥。有時候甚至必須對抗原本應該支持自己的親朋好友，以及應該和自己並肩作戰的家人和醫療人員。

每兩個日本人就有一人罹癌，健康的另一個人也必須照顧癌症病患，也就是說，除非是運氣很好的人，或是孤獨而健康的人，否則日本人在日常生活中很難不和癌症打交道。

但是，很多人都不知道該如何與癌症病人相處，而且也不知道自己罹癌時該怎麼辦。

我兒子已經接觸到我的癌症，但我相信在我死後，他還會接觸到其他癌症病人。

我希望他那時候可以拿起這本書，在他思考該如何和癌症病人相處這個問題時，帶給他一點啟示。

我住院接受放射線治療後，腿戲劇性地恢復了。原本要直接進入抗癌劑的治療，但我決定先去採訪很多人。

我要採訪癌症病人、家屬、曾經罹癌的人和曾經有家人罹癌去世的人，還有醫療人員。

有不治之症、精神疾病和發育障礙的人。

霸凌的加害人和被害人，曾經有繭居經驗的人。

我也和許多身體健康，不知道該如何與癌症病人相處的人見了面。

我太嫩了，在採訪過程中經常難過不已，好幾次都流下了眼淚。

我很慶幸自己沒有自殺，如果當時死了，就無法聽到這些故事。

雖然我還不瞭解人生的意義，
但我認為活著有價值。

在青木原樹海喝咖啡

二十多歲時，我想不透「人為什麼會自殺？」，所以有一段時間經常去有自殺聖地之稱的青木原樹海。

樹海中有寶特瓶等各式各樣的垃圾，但一眼就可以看出是遊客留下的，還是自殺的人留下的東西。自殺者的遺物都會放在三公尺見方的範圍內，感覺在此住了一晚。脫下的衣服、鞋子、絨毛娃娃、酒瓶、電話卡、書……不知道是否有人想在臨死前自慰，所以還曾經看到成人雜誌，還有使用過的保險套，不知道是否在臨死前曾經和別人做愛。我坐在那裡，思考「為什麼會死在這裡？」。

我曾經在青木原撞見一個打算自殺的大叔。我穿著登山服，但那個五十歲左右的大叔穿著西裝、皮鞋，也許是因為我手上拿著登山用的大刀，他看到我時，明顯感到害怕。

「他準備去死，但也不希望被人殺害。」我記得當時產生了這樣的感慨。

「我不打算阻止你自殺，也不會殺你，但可以問你幾個問題嗎？」我問。

「可以啊，只要你不會打破砂鍋問到底就好。」

我用露營工具泡了即溶咖啡，和他聊了二十分鐘左右。我們坐的地方是凹凸不平的熔岩質地面，上面有許多青苔，坐起來很軟，簡直就像坐在舒服的沙發上。

那個大叔是因為生病和錢的問題想要自殺。

雖然當時我輕鬆地想，「生病的話，只要去治好就沒問題了」，在自己罹癌之後，非常能夠體會當時那個大叔的心情。

我問他為什麼選擇在樹海自殺，他回答說：「因為沒有其他可以死的地方。如果跳軌，會被請求損害賠償，如果死在家裡，又會造成家人的困擾。」

我無法和他深談，也沒有拍照。

不一會兒，他站了起來，用力拍了拍長褲。將死的人還會拍掉衣服上的髒污這件事，至今仍然令我留下了深刻的印象。

大叔對我說了一句「你要加油」，然後就走向樹海深處，我在天黑之前，走出了樹海。

我無意否定自殺，包括安樂死在內，死亡是絕望的人的一個選項。既然當事人痛苦得想死，而且下定決心去死，如果旁人無法對那個人未來的人生負責，就沒有權利阻止，更何況即使是夫妻或是親子，任何人都無法為另一個人的人生負責。

但是，如果並不是真的想死，而且自殺的理由是可以解決的問題，就應該致力解決問題。為此，就需要具備思考能力和金錢，我希望兒子能夠具備這兩者。

如果因為金錢無法解決的問題想死，那該怎麼辦？

日常生活中也隨時有死亡危機。雖然我曾經在遇難時和死亡擦身而過，也在罹癌後想要自殺，但至今仍然不知道解決死亡的方法。

雖然我還不瞭解人生的意義，但我認為活著有價值。

育兒的最大目的，
就是讓他們活下來，長大成人。

越南和生命的希望

在面對死亡的現在，我需要的不是獵槍，而是相機。

在醫生宣布我罹患癌症之後，我每天為兒子拍照，可以盡情拍攝自己喜歡對象的日子很充實。

面對死亡，可以讓人瞭解什麼是真正重要的事。

說起來很諷刺，但我在面對死亡後，充分感受到自己活著。

兒子兩歲了，自我意識開始萌芽。當他乖乖吃完飯，聽到我和太太的稱讚，就會露出笑容，當陌生人笑著說他「真可愛」時，他也會笑臉以對。他喜歡電車，和我一樣怕狗。

兩歲是幼兒叛逆期，因為他還不太會說話，當吃飯不順利時，就會發脾氣，把湯匙丟掉。

這些平淡無奇的事都是活著，都是生命的希望。

這和我之前去越南時的體會完全相反。

越南被認定是高成長的開發中國家，但其實還很貧窮。工廠的工人月薪為三百美元，收入較低的人為一百五十美元，我當時請的口譯員月薪為四百美元左右。即使越南人的薪水並不高，但每個人都腳踏實地工作，活得充滿希望。雖然我沒有和越南人深談過，但我覺得越南人比日本人快樂，也比日本人更溫柔。

當我舉起相機，拍到很多人的笑容後突然覺得——

「即使罹癌也沒有關係，反正人終有一死。」

那次的旅行，讓我在溫暖而潮濕的空氣中體會到「怎麼活比怎麼死更重要」。

我去了越南後體會到，小孩子從頭到腳，整個人都很可愛，但也許我們太惺惺作態了。不光是越南，巴西也一樣，巴西人最重視家人。

如果自己的孩子遭到霸凌，爸爸、媽媽、姊姊、哥哥、叔叔、阿姨等所有家人都會出面去解決問題。無論去旅行、聚餐或是參加派對，都是以家庭為單位。

但我們日本人常常會想太多，久而久之，無論參加任何活動都以自己一個人為單位。我們需要孤獨，孤獨也很重要，但成為父母之後，不需要任何理由，都必須重視家庭。

不必相信學校，也不需要和討厭的人當朋友，即使功課不好，或是有喜歡、不喜歡的事，都比失去小孩子好。

我經常在思考「育兒到底是什麼？」這個問題，我認為最大的目的，就是讓孩子活下來。

我兒子今天也好好活著，我可以為他拍照片。

兒子生命的希望，也為我的生命帶來希望。

我想告訴兒子，
幸福可以由自己定義。

幸福的門檻

在我罹癌後不久，我太太九十二歲的爺爺住院了。

爺爺希望一輩子都可以種田，太太懷孕的消息，也是他在種田的休息時間得知的。他得知曾孫即將出世，感到很幸福。

在我兒子出生時，爺爺不再下田工作。

因為家人阻止他，「你年紀這麼大了，不要再去田裡工作，太危險了。」

爺爺原本精神矍鑠，但在失去生命的動力後，就一天比一天老，最後終於住院了。也許爺爺的幸福，就是希望能夠死在農田裡。

我和太太帶著小優一起去探視爺爺，爺爺一看到我就流著淚說：「幡野，你還好嗎？我很擔心你。」

即使沒有人把病情告訴爺爺，他應該也做好了面對死亡的準備。已經接受自己死亡的人不會擔心自己的事，而是會為活著的人操心。

我充分體會到，爺爺已經做好了面對死亡的心理準備。

因為爺爺耳背，所以我就大聲對他說：「我也很快就死了，我們在天堂見！！」結果遭到包括護理師在內所有人的白眼。

我並不相信有天堂，但我希望可以消除爺爺內心的不安，所以說了這個謊，但既然要說謊，不如對他說：「你不必擔心，我的癌症有希望治好。」

雖然無論說哪一個謊言，應該都會留下後悔，但也許遺族都無法避免後悔。

眾所周知，抗癌劑治療很痛苦，甚至有人揶揄是「增癌劑」。雖然癌症讓人有「痛苦而死」的印象，但只要有百分之一的可能性，醫生就希望病人接受抗癌劑的治療。末期癌症病人已經無法痊癒，沒必要使用抗癌劑增加病人的痛苦。

「加油，要努力多活一分一秒。」

很多人這麼鼓勵我，但如果因為抗癌劑的副作用深受痛苦，無法和兒子玩，也無法和太太聊天，甚至連上廁所的問題都要假他人之手，只能靠儀器維生，最後還是必須迎來死亡，這樣的人生有什麼意義？

要接受什麼治療，不接受什麼治療？

劃出這條線的不是醫師和家人，而是病人最後的權利。

但是，「希望病人活得久一點」的想法是善意，如果我的太太或兒子生病，我或許也會有同樣的想法。

仔細分析「希望病人活得久一點」的想法，就會發現其實是因為「不希望自己難過」。因為不希望自己難過，所以希望病人不要死，並不是考慮到當事人的心情，而是基於利己的原因。由此可見，「希望病人活久一點」並不是溫柔的想法。

所以我希望兒子在遇到重要的人生病時，在說「希望你活久一點」之前，思考一下對當事人而言，幸福的定義是什麼。我希望他具備這樣的溫柔。

遇到生死問題，任何人都無法冷靜，但我希望兒子可以認真思考以下這兩個問題：

對當事人來說，幸福是什麼？

對當事人來說，多活一天真的是幸福嗎？

前面也曾經提到，我小時候的夢想就是得到幸福。

我認為幸福就是「沒有任何不安，一切可以如願」。

每個人對幸福有不同的定義，這只是我對幸福的定義。

比方說，希望自己很有異性緣的人，真的很有異性緣，就會感到幸福。

比方說，認為有錢就是幸福的人，只要有錢，就會感到幸福。

即使這種人認為「幡野先生已經結婚了，沒有異性緣太不幸了」，或是「幡野先生不是有錢人，所以不幸福」，也只是他們的想法。

輕易對病人說「希望你活久一點」也一樣。

自從小時候曾經被狗咬過之後，我就很討厭狗，也很怕狗，但無條件喜歡貓。但如果有人把拚命搖著尾巴的小狗帶到我面前說：「你看狗這麼可愛，怎麼會有人不喜歡？」或是擅自把我養的貓帶走，說什麼「你並不是真的喜歡貓吧，對自己坦誠一點」，我會覺得這種人莫名其妙。

生兒育女並不幸福。結婚並不幸福。有固定工作並不幸福。我想要告訴兒子，什麼是幸福可以由自己定義。

雖然我有時候身體狀況不佳，但晚上睡覺前，從來不曾感到不安。

我比以前更積極在網路上發文，也認識了各種不同的人，有更多機會瞭解以前不知道的事。自己的知識增長令人高興，可以增加很多經驗也令人高興，認識有趣的人也很高興。

然後就發現，能夠瞭解以前不瞭解的事也令我感到高興。

兒子可以做到以前做不到的事也很高興。

兒子學會獨自盪鞦韆令人高興。

雖然擔心他會從鞦韆上掉下來，所以會在背後扶著他，他對我說：「爸爸坐在我旁邊」，我在坐下時，忍不住感到緊張。這種感覺也令人高興。

在兒子兩歲生日時，他兩口氣吹完了插在年輪蛋糕上的兩根蠟燭。他把兩根蠟燭吹熄後看起來很高興，我和太太也很高興。

去年我代替兒子吹熄了蠟燭，也許他明年就可以一口氣吹熄所有的蠟燭。雖然這種成長很微妙，卻足以令人感到高興，所以我很幸福。

無論生病還是育兒，都降低了幸福的門檻。

以前身體健康的時候，完全無法想像只要渾身不疼痛，平靜入睡就是幸福。

如果沒有小孩，我不可能對兒子會自己穿襪子就感到幸福。所以，我很幸福，我完成了人生的夢想。

我並沒有對「罹癌死亡」這件事感到灰心。我瞭解自己會因為癌症死亡，也接受了這件事。雖然覺得時間有點早，但即使面對死亡，我仍然覺得自己很幸福。

因為我很喜歡瞭解自己不知道的事，所以也很期待瞭解死亡是怎麼一回事。

兒子還有十六年七個月就會從高中畢業，還有十三年七個月從國中畢業，再等十年七個月就從小學畢業，還有四年七個月，就從托兒所畢業了。

不知道我能夠陪伴他成長到哪個階段？

我的好奇心很強烈，瞭解不知道的事情的欲求很強烈。

我並不是捨不得自己的生命，而是更希望能夠看到兒子接下來的人生，和他同樂。我對無法再看到社會如何變化感到遺憾。

但這是理所當然的事，這個世界上每個人都會死，德川家康也不知道目前的日本是什麼樣子。

知道以前不知道的事，是活著的人的特權。

在我有生之年，我會不斷瞭解新事物。

我不會對兒子說：

「請你照顧媽媽。」

引以為傲的爸爸

兒子會穿一些我絕對不會穿的衣服。

他的衣服上有很多會發出吵鬧聲音的裝飾，也會穿一些講究時尚品味的家長避之唯恐不及的卡通造型衣服。

我覺得這樣也沒問題，他不需要穿那些有時尚品味的父母挑選的素雅高品味服裝，穿這個年紀的小孩愛穿的衣服就好。

很俗的衣服、很矬的髮型、很土的用品、很蠢的遊戲、小孩子氣的煩惱、青澀的想法和主張都沒有問題，這就是這個年紀的孩子活在這個時代的證明。

我兒子會有很高的機率很早就失去父親，我相信他會因此吃不少苦。

我現在寫書，在網路上發文，拍許多照片，都是希望能夠成為讓兒子引以為傲的父親。

人只能在與生俱來的條件下生存，兒子只能接受「父親很早就去世」這個扣分的條件。

但是，我也想為兒子留下一些加分的條件，即使在死了之後，也希望兒子覺得「我爸爸很厲害」，所以我打算只要活著一天，就要做力所能及的事。

當父親去世後，兒子經常必須承擔起保護媽媽的責任。

但我不會對兒子說，「請你照顧媽媽」這句話。

我會對太太說，「兒子就交給你了」，但如果兒子可以解決自己的問題，那當然最好。

我認為把父母託付給孩子，對孩子來說是很大的壓力，而且他已經失去了父親，我不想給他太大的壓力。

我希望太太和兒子都能夠獨立自主，不需要任何一個人照顧另外一個人，而是能夠攜手相互扶持的關係。

而且，無論我如何努力成為他引以為傲的父親，我希望有一天，他會否定我這個人。

因為這也是我第一次的人生，第一次育兒，不可能不犯錯。人到死也不見得成熟，更何況我只有三十五歲，簡直太嫩了。

所以，他不看這本書也沒關係。

但是，我希望他記得一件事。

無論他做出什麼選擇，我都會接受他的選擇，而且會輕輕推著他的後背。

結語

我在寫這本書時，發現自己這些年努力成為自己小時候，希望出現在自己身邊的大人。

父母、親戚的大人、老師和左鄰右舍的大人，我不認為我小時候遇過很好的大人。

小時候，我常覺得大人都很討厭。

當我長大成人，踏入社會後，發現到處都有討厭鬼。

那些討厭鬼因為別人對他們做了討厭的事，為了發洩內心的鬱悶，就會對其他人做一些惹人討厭的事。

討厭鬼會製造出新的討厭鬼。

我不想成為惹人討厭的大人，所以每次接觸到惡意，就努力把這些人當成反面教材。

在認為長壽才是幸福的人眼中，或許覺得我是不幸的人。

每個人的幸福價值觀各不相同。

人們看到不符合自己幸福價值觀的人，可能就會認定對方很不幸。

比方說，認為賺錢是幸福的人，看到沒有工作的遊民，或許會露出同情的眼神，覺得他們很可憐。

但也許遊民認為自由才是幸福，覺得每天為了賺錢工作到深夜的人很不幸。

我沒想到自己三十四歲就會罹癌，但我作夢也沒有想到，自己罹癌之後，有機會出書。

雖然我生病之後，無法再接攝影的工作，卻開始了筆耕的日子。

我每天吃自己喜歡的食物，和喜歡的人一起，做喜歡的事，對明天沒有任何不安。

雖然曾經有一段時間痛苦得想自殺，但現在是我人生中最平靜、最幸福的時光。

人生變化莫測，下一步可能走向黑暗，也可能邁向光明。

如果有人問我，罹癌是否很不幸，我並不認為是一件不幸的事。

最讓我難過和懊惱的是有人認定我很不幸，還說起我兒子，對我露出同情的眼神。而且，偏偏越是討厭的人，越會認定我很不幸，用同情的眼神看我。

如果我沒有罹患癌症，或許就不會發現這種悲傷，這也是疾病讓我學會的一件事。

也許這個世界上的討厭鬼也是一種「癌」。

我覺得我把這些討厭鬼視為反面教材，漸漸累積育兒需要的溫柔。

我的人生中遇過很多討厭的事，但我並不希望小優也體會這些事。

但是，我也不會為了怕他失敗，要他走在父母為他鋪好的軌道上，或是給他答案。

我希望對小優而言，我是一座在遠處微微發亮的燈塔。
即使在光線明亮時，看不到微微發亮的燈塔，在黑暗的大海上感到不安時，就可以帶給他安心感。

我對小優而言，或許並不是他孩提時代想要擁有的那種父親。

即使如此，我希望在他痛苦和不安時，能夠想起我說的話。
也許我的話可以成為他的心靈支柱，同時，希望小優有一天也能成為他所重視的人的那道光。

2018年8月8日

幡野廣志

離開前，我想跟你說……

ぼくが子どものころ、
ほしかった親になる。

離開前,我想跟你說....../幡野廣志作；王蘊潔譯.
-- 初版. -- 臺北市：春天出版國際文化有限公司,
2021.07
面；公分. -- (Better；27)
譯自：ぼくが子どものころ、ほしかった親になる。
ISBN 978-957-741-343-7(平裝)

861.67 110006601

Better 27

作　　者 ◎ 幡野廣志
譯　　者 ◎ 王蘊潔
總 編 輯 ◎ 莊宜勳
主　　編 ◎ 鍾靈
出 版 者 ◎ 春天出版國際文化有限公司
地　　址 ◎ 台北市大安區忠孝東路4段303號4樓之1
電　　話 ◎ 02-7733-4070
傳　　真 ◎ 02-7733-4069
E－mail ◎ frank.spring@msa.hinet.net
網　　址 ◎ http://www.bookspring.com.tw
部 落 格 ◎ http://blog.pixnet.net/bookspring
郵政帳號 ◎ 19705538
戶　　名 ◎ 春天出版國際文化有限公司
法律顧問 ◎ 蕭顯忠律師事務所
出版日期 ◎ 二〇二一年七月初版
定　　價 ◎ 290元

總 經 銷 ◎ 楨德圖書事業有限公司
地　　址 ◎ 新北市新店區中興路2段196號8樓
電　　話 ◎ 02-8919-3186
傳　　真 ◎ 02-8914-5524
香港總代理 ◎ 一代匯集
地　　址 ◎ 九龍旺角塘尾道64號 龍駒企業大廈10 B&D室
電　　話 ◎ 852-2783-8102
傳　　真 ◎ 852-2396-0050

ISBN 978-957-741-343-7

写真　幡野廣志
編集　早見勝美（PHPエディターズ・グループ）
編集協力　青木由美子